# ひなたとひかり⑧

高《たか》杉《すぎ》六《りっ》花《か》／作　万《ま》冬《ふゆ》しま／絵



講談社 青い鳥文庫

CONTENTS

# もくじ

# 人物相関図《じんぶつそうかんず》

お気《き》に入《い》り

## 相沢日向《あいざわひなた》

- 旭《あさひ》ヶ《が》丘《おか》中学校《ちゅうがっこう》一年生《ねんせい》
- 好《す》きな食《た》べ物《もの》：パンケーキ・マシュマロ
- 嫌《きら》いな食《た》べ物《もの》：ピーマン
- 趣味《しゅみ》：秘密《ひみつ》の推《お》し活《かつ》・読書《どくしょ》

光莉《ひかり》の双子《ふたご》の妹《いもうと》で、普通《ふつう》の女《おんな》の子《こ》。光莉《ひかり》と入《い》れ替《か》わって何度《なんど》もステージに立《た》ち、歌《うた》への情熱《じょうねつ》に気《き》づく。壱弥《いちや》が特《とく》別審査員《べつしんさいん》を務《つと》めるガールズグループオーディションの三次《じ》の歌唱審査《かしょうしんさ》を突破《とっぱ》し、最終審査《さいしゅうしんさ》に挑《いど》むことに。

双子《ふたご》の姉妹《しまい》

両想《りょうおも》い

事務所《じむしょ》の後輩《こうはい》

親友《しんゆう》

## 成瀬壱弥《なるせいちや》

- 私立《しりつ》ステラ学園中等部《がくえんちゅうとうぶ》一年生《ねんせい》　特《とく》A《エー》クラス
- 好《す》きな食《た》べ物《もの》：ハンバーグ・いちご大福《だいふく》（秘密《ひみつ》）
- 嫌《きら》いな食《た》べ物《もの》：グリンピース
- 趣味《しゅみ》：ギター・ピアノ・作曲《さっきょく》

光莉《ひかり》のクラスメイトで人気《にんき》アイドル。世界的《せかいてき》なスター。歌《うた》もダンスも得意《とくい》でさわやかな王子様《おうじさま》だけど、その正体《しょうたい》はクールで俺様《おれさま》。日向《ひなた》の前《まえ》ではデレることも。日向《ひなた》とは両想《りょうおも》いだけど、オーディションが終《お》わるまでは会《あ》わないと約束《やくそく》した。

## 高沢悠雅《たかざわゆうが》

- 私立《しりつ》ステラ学園中等部《がくえんちゅうとうぶ》
  二年生《ねんせい》　特A《とくエー》クラス
- 好《す》きな食《た》べ物《もの》：焼《や》き肉《にく》・しゃぶしゃぶ・メロン
- 嫌《きら》いな食《た》べ物《もの》：ワサビ
- 趣味《しゅみ》：女《おんな》の子《こ》を口説《くど》く

壱弥《いちや》と同《おな》じ事務所《じむしょ》の先輩《せんぱい》で人気俳優《にんきはいゆう》。すらっと背《せ》が高《たか》く、壱弥《いちや》のお兄《にい》ちゃん的《てき》存在《そんざい》。壱弥《いちや》ファンからも「悠雅《ゆうが》さん」と呼《よ》ばれて親《した》しまれているけど、本当《ほんとう》は壱弥《いちや》とは「犬猿《けんえん》の仲《なか》」。

## 相沢光莉《あいざわひかり》

- 私立《しりつ》ステラ学園中等部《がくえんちゅうとうぶ》
  一年生《ねんせい》　特A《とくエー》クラス
- 好《す》きな食《た》べ物《もの》：
  チェリーパイ・マシュマロ
- 嫌《きら》いな食《た》べ物《もの》：ピーマン
- 趣味《しゅみ》：諒《りょう》くんとこっそりデート

日向《ひなた》の双子《ふたご》の姉《あね》で超人気《ちょうにんき》アイドル。天然《てんねん》でちょっぴり鈍感《どんかん》な性格《せいかく》だけど、本当《ほんとう》は努力家《どりょくか》。日向《ひなた》の才能《さいのう》を信《しん》じ、芸能界入《げいのうかいい》りを応援《おうえん》している。

交際中《こうさいちゅう》

## 日下部諒《くさかべりょう》

- 私立《しりつ》ステラ学園中等部《がくえんちゅうとうぶ》
  一年生《ねんせい》　特A《とくエー》クラス
- 好《す》きな食《た》べ物《もの》：ピザ・ブドウ
- 嫌《きら》いな食《た》べ物《もの》：シイタケ
- 趣味《しゅみ》：光莉《ひかり》とこっそりデート

光莉《ひかり》のクラスメイトでボーイフレンド。父親《ちちおや》は芸能事務所《げいのうじむしょ》の社長《しゃちょう》。モデルの活動《かつどう》を続《つづ》ける一方《いっぽう》で、音楽《おんがく》プロデューサーを目指《めざ》している。日向《ひなた》の決意《けつい》を知《し》り、壱弥《いちや》の事務所《じむしょ》に紹介《しょうかい》した。

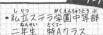

# 7巻《かん》までのお話《はなし》

1

私《わたし》の名前《なまえ》は日向《ひなた》！　双子《ふたご》の姉《あね》・光莉《ひかり》と顔《かお》はそっくりだけど、性格《せいかく》は真逆《まぎゃく》なの。アイドルでキラキラしてる光莉《ひかり》とちがって、私《わたし》はどこから見《み》ても普通《ふつう》の、地味《じみ》な女《おんな》の子《こ》なんだ。

2

ある日《ひ》、ピンチの光莉《ひかり》に頼《たの》まれて、代《か》わりに学校《がっこう》に行《い》ったんだ。そこで大好《だいす》きな推《お》しアイドルの壱弥《いちや》に会《あ》って、すごくドキドキした！

3

そのあとなんと、また光莉《ひかり》と入《い》れ替《か》わってステージに立《た》ったよ。私《わたし》はシンデレラ役《やく》で、王子役《おうじやく》は壱弥《いちや》だったの！

4

それから、光莉《ひかり》の彼氏《かれし》（交際《こうさい》は内緒《ないしょ》だよ）の諒《りょう》くんから、「VR《ブイアール》アイドルにならない？」と誘《さそ》われてチャレンジしたよ！　あとでわかったけど、作曲担当《さっきょくたんとう》のVR《ブイアール》アーティスト「夜永《よなが》」の正体《しょうたい》は、「壱弥《いちや》」だった!!　私《わたし》たちのVR《ブイアール》ユニット「よなひな」は、あっというまに大人気《だいにんき》になったよ！

## 5

「よなひな」が活動休止《かつどうきゅうし》してしまい、「アイドルになる。」と決心《けっしん》した私《わたし》。アイドルについて勉強《べんきょう》するため、事務《じむ》所《しょ》の先輩《せんぱい》である壱弥《いちや》の付《つ》き人《びと》になった私《わたし》だけど、壱弥《いちや》への想《おも》いを伝《つた》えたら、**壱弥《いちや》と私《わたし》が、両想《りょうおも》いだということがわかった！**

でも、オーディションにエントリーした私《わたし》のためを思《おも》って、壱弥《いちや》はオーディションが終《お》わるまで、**私《わたし》と会《あ》わない約束《やくそく》をした**んだ……。グループ審査《しんさ》では**1位通過《いつうか》できたよ！**

## 6

三次審査《じしんさ》は、**私《わたし》の得意《とくい》な「歌《うた》」。**でも、歌《うた》のレッスンで特別講師《とくべつこうし》の安西《あんざい》蘭《らん》さんに「**光莉《ひかり》のモノマネでしかない。」「『自分《じぶん》』を持《も》っていない。」**と言《い》われて、大《だい》ショック。落《お》ちこむ私《わたし》を見《み》た光莉《ひかり》と諒《りょう》くんの作戦《さくせん》で、光莉《ひかり》と入《い》れ替《か》わったら、**学校《がっこう》で壱弥《いちや》に会《あ》えたよ！**元気《げんき》が出《で》た私《わたし》は、**もっとたくさんの人《ひと》に私《わたし》の歌《うた》を届《とど》けたい気持《きも》ち**で歌《うた》った。その結果《けっか》、蘭《らん》さんにもほめられて、三次審査《じしんさ》も**無事通過《ぶじつうか》**したの！ でも、いよいよ**最終審査《さいしゅうしんさ》**というときに、**大変《たいへん》なことが起《お》きたんだ……。**

続《つづ》きはお話《はなし》で！

# 01 熱愛発覚《ねつあいはっかく》の波紋《はもん》

「壱弥《いちや》……。どうしよう。こんなことになるなんて……。」
「……ああ。」
オーディション番組《ばんぐみ》の三次審査《じしんさ》から、二日後《ふつかご》。
久《ひさ》しぶりに来《き》た壱弥《いちや》のスタジオで——。
窓《まど》から差《さ》しこむ黄金色《こがねいろ》の光《ひかり》に染《そ》まった私《わたし》と壱弥《いちや》は、困惑《こんわく》した顔《かお》で見《み》つめ合《あ》っていた。
(まさか、光莉《ひかり》と諒《りょう》くんの熱愛《ねつあい》がバレてしまうなんて！)
リビングのテーブルには、明日発売《あしたはつばい》の週刊誌《しゅうかんし》に載《の》る予定《よてい》の記事《きじ》。
**【スクープ！】光莉《ひかり》♥諒《りょう》 公園《こうえん》デート！**
そんなとんでもない見出《みだ》しと、言《い》い逃《のが》れができないデート写真《しゃしん》が掲載《けいさい》されている。
明日《あした》、この熱愛記事《ねつあいきじ》が週刊誌《しゅうかんし》に載《の》ってしまう。
私《わたし》がショックを受《う》けないように、このことを先《さき》に伝《つた》えてほしいって、光莉《ひかり》と諒《りょう》くんが壱《いち》弥《や》に頼《たの》んだみたい。

壱弥《いちや》は変装《へんそう》をして、学校帰《がっこうがえ》りの私《わたし》をここに——高級《こうきゅう》マンションの40階《かい》にある、壱弥《いちや》が趣《しゅ》味《み》で作《つく》ったスタジオに連《つ》れてきてくれた。

私《わたし》と壱弥《いちや》は今《いま》、連絡《れんらく》することも会《あ》うこともがまんしてる。

私《わたし》たちが所属《しょぞく》してる芸能事務所《げいのうじむしょ》『エストレラプロダクション』が主催《しゅさい》の、ガールズグループのオーディション番組《ばんぐみ》が終《お》わるまでは、会《あ》わないって約束《やくそく》をしたんだ。

だけど、これは緊急事態《きんきゅうじたい》。

いつも余裕《よゆう》たっぷりの壱弥《いちや》が、神妙《しんみょう》な顔《かお》をしてる。

事態《じたい》はかなり深刻《しんこく》ってことだ。

心《こころ》の中《なか》に広《ひろ》がっていく不安《ふあん》にふるえながら、壱弥《いちや》から受《う》け取《と》った記事《きじ》をじっくりと見《み》た。

熱愛記事《ねつあいきじ》には、光莉《ひかり》と諒《りょう》くんだとバレバレな姿《すがた》で、手《て》をつないで公園《こうえん》を歩《ある》いてる写真《しゃしん》と、光莉《ひかり》が諒《りょう》くんにアイスをあーんってしてる写真《しゃしん》。

さらに、光莉《ひかり》が諒《りょう》くんのほっぺにチューしてる写真《しゃしん》まで！

「クラスメイトです、事務所《じむしょ》の同期《どうき》です、友《とも》だちですって言《い》い逃《のが》れは、できそうにないね……。」

「そうだな。演技《えんぎ》の練習《れんしゅう》っていうのも、きびしそう。」

「どこからどう見《み》ても、デートだよね。」

「ああ。どうしようもないバカップルだな。どうすんだよこれ……。」

たしかに、ふたりはあきれちゃうくらいのバカップルだ。

いっつもいちゃいちゃデレデレして、ラブラブすぎるし！

でもね、「大好《だいす》きだよ。」って素直《すなお》に言《い》い合《あ》えるふたりが、本当《ほんとう》はちょっと、うらやましかった。

恋《こい》もお仕事《しごと》も、どっちも大切《たいせつ》にして、両立《りょうりつ》してる光莉《ひかり》はすごいなって尊敬《そんけい》していた。

光莉《ひかり》が歌《うた》う恋《こい》の歌《うた》が心《こころ》に響《ひび》くのは、諒《りょう》くんへの想《おも》いがつまってるからだよね。

この恋《こい》は、光莉《ひかり》にとってすごく大切《たいせつ》なものだと思《おも》うんだ。

（なんだかんだ言《い》っても、ふたりにはいつまでもバカップルでいてほしいよ。）

それに、バカップルなふたりだけど、いつもすごく気《き》をつけてデートしていた。

変装《へんそう》をしたり、マスコミに狙《ねら》われやすいバレンタイン当日《とうじつ》に会《あ》うのはがまんして、バレンタインから一週間《しゅうかん》のどこかで会《あ》う『バレンタインウィーク』をしたり。

光莉《ひかり》と諒《りょう》くんの交際《こうさい》は、私《わたし》と壱弥《いちや》しか知《し》らなくて、学校《がっこう》でも誰《だれ》も気《き》づいていない。

ふたりは、トップアイドルと人気《にんき》モデルってことを自覚《じかく》して、極秘《ごくひ》でおつきあいをしてたんだ。

だから、熱愛写真《ねつあいしゃしん》を撮《と》られてしまったふたりを、私《わたし》は軽率《けいそつ》だなんて思《おも》えないよ。

「光莉《ひかり》の事務所《じむしょ》の社長《しゃちょう》さんとマネージャーのナツさんは、ふたりの交際《こうさい》にうすうす気《き》づいてたんだよね……？」

「諒《りょう》はそう言《い》ってた。光莉《ひかり》の機嫌《きげん》をそこねてアイドルをやめられたら事務所《じむしょ》が困《こま》るから、問題《もんだい》にしてないって。」

「それなら、光莉《ひかり》はアイドルを続《つづ》けられるのかな。」

「おそらく……。事務所《じむしょ》は光莉《ひかり》を全力《ぜんりょく》で守《まも》るだろうな。」

「でも、諒《りょう》くんは……？」

「諒《りょう》は……。」

壱弥《いちや》が口《くち》ごもる。

諒《りょう》くんは、光莉《ひかり》が所属《しょぞく》する芸能事務所《げいのうじむしょ》『ギャラクシー』の社長《しゃちょう》さんの息子《むすこ》で、お父《とう》さんと仲《なか》があまりよくないみたい。

「諒《りょう》くんが責任《せきにん》を取《と》らされるなんてこと……。」

「ありえない話《はなし》じゃない。」

「そんな……。ふたりは引《ひ》き離《はな》されちゃうの？」

「光莉《ひかり》と諒《りょう》の事務所《じむしょ》の判断《はんだん》だけど……。世間《せけん》の反応次第《はんのうしだい》だと思《おも》う……。」

「……世間《せけん》の反応《はんのう》……。」

この記事《きじ》が出《で》たら、テレビや新聞《しんぶん》やインターネットニュース、そしてSNS《エスエヌエス》はどうなってしまうんだろう。光莉《ひかり》と諒《りょう》くんのファンは……？

オーディションの二次審査《じしんさ》で、私《わたし》の下手《へた》なウインクが思《おも》いがけずバズってしまって、S《エス》NS《エヌエス》のすごさと怖《こわ》さを知《し》った。

あのときは好意的《こういてき》な反応《はんのう》だったけど、今回《こんかい》は……。

(考《かんが》えただけで恐《おそ》ろしいよ。)

今《いま》、光莉《ひかり》と諒《りょう》くんは、事務所《じむしょ》に呼《よ》び出《だ》されているみたい。

(これからどうなっちゃうんだろう。不安《ふあん》でいっぱいだ……。)

ふたりは私《わたし》がピンチのときに、何度《なんど》も助《たす》けてくれたんだ。

オーディションで落《お》ちこむたび、いろんな方法《ほうほう》でこっそり壱弥《いちや》に会《あ》わせてくれた。

そのおかげで、私《わたし》はなんとか最終審査《さいしゅうしんさ》まで来《く》ることができたのに……。

(ふたりの大《だい》ピンチに、なにもできない自分《じぶん》がはがゆいよ。)

うつむきかけたそのとき、ハッとした顔《かお》の壱弥《いちや》が腕時計《うでどけい》を見《み》た。

「日向《ひなた》、これから収録《しゅうろく》だろ？　まに合《あ》うか？」

「あっ！　そうだった！」

窓《まど》の外《そと》の夕焼《ゆうや》けは、刻々《こっこく》と色《いろ》を濃《こ》くしていく。

オーディションの最終審査《さいしゅうしんさ》のための、ダンスレッスンと収録《しゅうろく》の時間《じかん》が迫《せま》っていた。

「ごめん。私《わたし》、行《い》かなくちゃ！」

「収録前《しゅうろくまえ》なのに、突然連《とつぜんつ》れてきて悪《わる》かった。」

「ううん。ふたりのことを教《おし》えてくれてありがとう。明日《あした》、SNS《エスエヌエス》とかニュースで知《し》っていたら……きっとショックが大《おお》きかったと思《おも》う。心《こころ》の準備《じゅんび》ができるから助《たす》かるよ。」

心配《しんぱい》をかけたくなくて、せいいっぱいの笑顔《えがお》を向《む》けると。

（わ……。）

壱弥《いちや》の大《おお》きな手《て》が、私《わたし》の頭《あたま》をやさしくなでた。

「光莉《ひかり》と諒《りょう》の事務所《じむしょ》の社長《しゃちょう》が、熱愛報道《ねつあいほうどう》をもみけす可能性《かのうせい》も0《ゼロ》じゃないから、心配《しんぱい》するな。俺《おれ》もできる限《かぎ》りのことはするつもり。」

「ありがとう、壱弥《いちや》。」

「日向《ひなた》は、最終審査《さいしゅうしんさ》のことだけ考《かんが》えてがんばれ。」

「うん！」

なにもできなくてふがいないけれど、今《いま》は私《わたし》のやるべきことをがんばろう！

そして、光莉《ひかり》に会《あ》えたら、ぎゅーって抱《だ》きしめてあげるんだ。

（どんなことになっても、私《わたし》と壱弥《いちや》はふたりの味方《みかた》だよ。）

光莉《ひかり》と諒《りょう》くんが、いつも私《わたし》たちの味方《みかた》でいてくれたように。

「俺《おれ》たちも気《き》をつけたほうがいいけど、緊急事態《きんきゅうじたい》のときは連絡《れんらく》しろよ。どんな手《て》を使《つか》っても駆《か》けつけるから。」

「わかった。すごく心強《こころづよ》いよ。でも、ムリしないでね？」

素《す》の壱弥《いちや》はクールだけど、とってもやさしい。いつだって私《わたし》のヒーローだ。

緊急事態《きんきゅうじたい》になったら、本当《ほんとう》に駆《か》けつけてくれちゃいそう。

そのせいで、私《わたし》たちが両想《りょうおも》いだってことがバレたら大変《たいへん》！

世界的《せかいてき》スターで大人気《だいにんき》アイドルの壱弥《いちや》は、いつもパパラッチや記者《きしゃ》に狙《ねら》われてるから。

(緊急事態《きんきゅうじたい》が起《お》こりませんように……！　私《わたし》も気《き》をつけよう。)

「じゃあ、行《い》ってくるね！」

「ああ。気《き》をつけて。」

名残惜《なごりお》しいけれど、もう行《い》かなくちゃ。

次《つぎ》、ここに来《く》るときには、『kira《キラ》-kira《キラ》』のメンバーになっていたいから。

(今《いま》は気持《きも》ちを切《き》り替《か》えて、最終審査《さいしゅうしんさ》のためにしっかりがんばろう！)

さいげんなく広《ひろ》がる不安《ふあん》を断《た》ちきって、壱弥《いちや》が呼《よ》んでくれたタクシーに飛《と》び乗《の》った。

# 02 初練習《はつれんしゅう》と顔合《かおあ》わせ

タクシーを降《お》りた私《わたし》は、ダンススタジオに駆《か》けこんだ。

(よかった。集合時間《しゅうごうじかん》にまに合《あ》いそう!)

控《ひか》え室前《しつまえ》にたどりつき、呼吸《こきゅう》を整《ととの》えてドアを開《あ》けると。

「日向《ひなた》、おはよう!」

おしゃべりをしながらメイクをしていた理央《りお》とミーナと夢乃《ゆめの》が、私《わたし》に気《き》づいて手《て》を振《ふ》ってくれた。

三人《にん》は、二次審査《じしんさ》でいっしょに戦《たたか》った『チームD《ディー》』の仲間《なかま》なんだ。

「おはよう、理央《りお》、ミーナ、夢乃《ゆめの》。」

「めずらしいね、日向《ひなた》がギリギリの時間《じかん》に来《く》るなんて。」

「だいじょうぶ? 体調悪《たいちょうわる》いとか?」

「ううん。だいじょうぶだよ。ありがとう。」

あれ？　心配《しんぱい》そうに声《こえ》をかけてくれた理央《りお》とミーナの横《よこ》で、夢乃《ゆめの》がにやにやしてる。

なんだかイヤな予感《よかん》……。

「もしかして、デートだったりして～。」

「えっ⁉」

予感《よかん》が的中《てきちゅう》！　夢乃《ゆめの》は、この手《て》の話題《わだい》が大好《だいす》きなんだ。

「ま、まさか！　ちがうよ！」

「あやしいなぁ～。で、日向《ひなた》のカレシはどんな人《ひと》なの～～？」

「か、彼氏《かれし》なんていないよ！　ぜんぜん、まったくいない！　生《う》まれてから今《いま》まで、ひとりもいないよ！」

ズイッと迫《せま》ってくる夢乃《ゆめの》に、あわてて全否定《ぜんひてい》する。

(う、うそは言《い》ってないよ。)

さっきは思《おも》いがけず壱弥《いちや》に会《あ》えてうれしかったけど、デートなんてハッピーな状況《じょうきょう》じゃなかったし。

それに、私《わたし》と壱弥《いちや》は両想《りょうおも》いだけど、つきあってるわけじゃない。

（お互《たが》い「つきあおう。」とは言《い》ってないから、これってつきあってない……よね？）

それにしても、今日《きょう》は特《とく》に、この話題《わだい》はヒヤヒヤするよ。

「まぁ、アイドルを目指《めざ》してる私《わたし》たちは、恋《こい》なんてできないよね。」

「……たしかに。デビューしたら恋《こい》は厳禁《げんきん》だろうし。」

うっ……。

理央《りお》とミーナの会話《かいわ》を聞《き》いて、言葉《ことば》につまる。

私《わたし》が壱弥《いちや》の付《つ》き人《びと》だったときは、壱弥《いちや》のマネージャーの松田《まつだ》さんから、『壱弥《いちや》にホレたら付《つ》き人《びと》も事務所《じむしょ》も即《そく》クビ！』のルールを言《い》い渡《わた》されていたけれど……。

実《じつ》は、オーディション番組《ばんぐみ》に参加《さんか》するにあたって、私《わたし》たちは『恋愛《れんあい》は禁止《きんし》です。』とは、はっきり言《い》われていない。

（とはいえ、理央《りお》とミーナの考《かんが》えが一般的《いっぱんてき》だよね……。）

私《わたし》だって、光莉《ひかり》から「私《わたし》のカ・レ・シなの～！」って諒《りょう》くんを紹介《しょうかい》されたとき、すごく驚《おどろ》いたし、アイドルなのにいいの!?　アリなの!?　って思《おも》った。

光莉《ひかり》は「アリかナシかと言《い》われれば、絶対《ぜったい》にナシなんだけど～。」とは言《い》っていたけれど、そういえば、恋愛禁止《れんあいきんし》のルールがあるかどうかまでは聞《き》かなかったな。

（実際《じっさい》はどうなんだろう。）

考《かん》えこんでいると、あきれ顔《がお》の夢乃《ゆめの》が、理央《りお》とミーナにつめよっていた。

「はぁ〜？　理央《りお》もミーナも、本気《ほんき》でそんなこと思《おも》ってるの？　アイドルだって人間《にんげん》だよ。恋《こい》くらいするでしょ〜！」

「なに言《い》ってるのよ。アイドルに恋《こい》は厳禁《げんきん》でしょーが！」

「そんなきまり、いっさい言《い》われてないけど〜？」

「言《い》われてなくたって常識《じょうしき》なの！」

「はい、始《はじ》まった〜。理央《りお》の常識《じょうしき》マウント〜。自分《じぶん》の常識《じょうしき》を押《お》しつけないでくれる〜？」

「マウントなんて取《と》ってないでしょーが。ていうか、世間一般的《せけんいっぱんてき》に、アイドルに恋愛《れんあい》は厳《げん》禁《きん》……っていうのが暗黙《あんもく》の了解《りょうかい》でしょ。」

わわわっ。理央《りお》と夢乃《ゆめの》の言《い》い合《あ》いが始《はじ》まっちゃった。

名門校《めいもんこう》で学級委員長《がっきゅういいんちょう》をしてる中三《ちゅう》の理央《りお》は、厳《きび》しいところもあるけれど、まじめでしっかり者《もの》でまっすぐな、頼《たよ》りになるお姉《ねえ》さん。

私《わたし》と同《おな》じ中一《ちゅう》で、トレンドやオシャレに詳《くわ》しい夢乃《ゆめの》は、いつも明《あか》るくて元気《げんき》。自分《じぶん》を輝《かがや》かせるための研究《けんきゅう》や努力《どりょく》を怠《おこた》らない、がんばり屋《や》さんなんだ。

ふたりはいつも言《い》い合《あ》いをしてるんだけど、本気《ほんき》のケンカではなくて、仲《なか》がいいからこそできる本音《ほんね》のぶつけあい。

それがわかってるから、私《わたし》とミーナはヒヤヒヤしながらも見守《みまも》ってる。

だけど、今日《きょう》はめずらしくミーナも口《くち》を開《ひら》いた。

「理央《りお》の言《い》うとおり、『アイドルは恋愛禁止《れんあいきんし》』っていう暗黙《あんもく》のルールは感《かん》じるよね。実際《じっさい》、恋愛《れんあい》が発覚《はっかく》してグループを卒業《そつぎょう》した人《ひと》とか、罰《ばつ》を受《う》けた人《ひと》だっているし。私《わたし》は恋愛《れんあい》に興味《きょうみ》ないし、迷惑《めいわく》をかけたくないから恋《こい》はしないと思《おも》う。」

中二《ちゅう》のミーナは、クールで落《お》ち着《つ》いてるかっこいい人《ひと》。

普段《ふだん》あまりしゃべらないミーナの言葉《ことば》が、ズンと胸《むね》に刺《さ》さる。

光莉《ひかり》と諒《りょう》くんの熱愛《ねつあい》や、アイドルを目指《めざ》してるのに壱弥《いちや》に恋《こい》しちゃってる自分《じぶん》のことを考《かんが》えると、なんだかヒリヒリするよ。

（たしかに、熱愛《ねつあい》がバレたらいろんな人《ひと》に迷惑《めいわく》をかけちゃうよね……。やっぱりアイドルは恋愛《れんあい》をしちゃいけないのかな。）

また考《かんが》えこみそうになっていると、夢乃《ゆめの》が目《め》をキラキラさせて言《い》った。

「え～。私《わたし》はガチで恋《こい》してるよ。」

「は？　本気《ほんき》で!?」

「うん！　本気《ほんき》で恋《こい》してる。成瀬壱弥《なるせいちや》に♡」

（……うぐっ。）

突然《とつぜん》出《で》てきた名前《なまえ》にあわてすぎて、飲《の》んでいたお茶《ちゃ》でむせそうになる。

夢乃《ゆめの》はぎゅっと自分《じぶん》を抱《だ》きしめて、熱《あつ》い息《いき》を吐《は》いた。

「私《わたし》、アイドルデビューして、壱弥《いちや》とカレカノになるんだ～。トップアイドルと秘密《ひみつ》の恋《こい》……。はぁ～～～。萌《も》える～～～！」

「アイドルデビューしても、成瀬壱弥《なるせいちや》と秘密《ひみつ》の恋《こい》ができるとは思《おも》えないけど……。」

ミーナの冷静《れいせい》なツッコミに、夢乃《ゆめの》がむぅと口《くち》をとがらせる。

「夢《ゆめ》がないなぁ～、ミーナは。」

「あるよ、夢《ゆめ》。アイドルになるって夢《ゆめ》が。だから私《わたし》は、絶対《ぜったい》に恋愛《れんあい》はしない。恋愛《れんあい》のせいで夢《ゆめ》が叶《かな》わなくなったらイヤだから。」

「私《わたし》も。恋《こい》とか興味《きょうみ》ないし。」

氷点下《ひょうてんか》並《な》みの冷《つめ》たい眼差《まなざ》しで理央《りお》がそう言《い》うと、夢乃《ゆめの》はさらに口《くち》をとがらせた。

「むむぅ。じゃあさ、理央《りお》は壱弥《いちや》からデートに誘《さそ》われても断《ことわ》るの？」

「はっ……？」

一瞬《いっしゅん》フリーズしたあと、理央《りお》の頬《ほお》がじわじわと赤《あか》くなる。あれれ？　理央《りお》？

「あ〜、今《いま》、妄想《もうそう》してる？　壱弥《いちゃ》とのラブラブデート〜！」

「ち、ちがっ。なに言《い》ってんのよ！　そんな妄想《もうそう》するわけないじゃない。私《わたし》は夢乃《ゆめの》とちがって、壱弥《いちゃ》のことを尊敬《そんけい》してるの。推《お》しとかガチ恋《こい》とか、そういうのじゃないって前《まえ》も言《い》ったでしょ。」

「じゃあ、壱弥《いちゃ》に『好《す》きだよ、理央《りお》。僕《ぼく》のプリンセスになってほしい。』って言《い》われたらどうする？」

「えっ。ええっ⁉」

ぶわっと真《ま》っ赤《か》になった理央《りお》が、虚空《こくう》を見《み》つめてぶつぶつ言《い》いはじめた。

「壱弥《いちや》が私《わたし》に告白《こくはく》……。ひざまずいて手《て》を差《さ》し出《だ》してくれるの……？」

「いや、そこまで言《い》ってないけど。」

「はわわ～。壱弥《いちや》のお嫁《よめ》さん……。ステキな教会《きょうかい》……。ウエディングドレス……。」

「え？　待《ま》って？　脳内《のうない》でウエディングベル鳴《な》ってる？　リンゴーンって。飛躍《ひやく》しすぎだし、理央《りお》の妄想《もうそう》がすごすぎて引《ひ》くから。っていうか、ガチ恋勢《こいぜい》じゃん！」

夢乃《ゆめの》にツッコまれてわれに返《かえ》った理央《りお》は、一瞬《いっしゅん》にして般若《はんにゃ》のような顔《かお》になった。

「ちょっとやめてよ！　ちがうから。尊敬《そんけい》だから！　とにかく、私《わたし》もミーナも日向《ひなた》も、恋《れん》愛《あい》に興味《きょうみ》ないってこと！」

あわわ。私《わたし》もまとめられちゃった。

恋《こい》してるなんて、口《くち》が裂《さ》けても言《い》えない……！

(相手《あいて》が壱弥《いちや》だってこと、絶対《ぜったい》に絶対《ぜったい》にバレるわけにいかない！)

夢乃《ゆめの》は長《なが》テーブルに頬《ほお》づえをついて、ぷーっと頬《ほお》をふくらませた。

「あ～あ。萌花《もか》がいてくれたら、きっと私《わたし》の味方《みかた》をしてくれたのにな～。」

「たしかに。萌花《もか》は、夢乃《ゆめの》と同《おな》じくらいの壱弥《いちや》ガチ恋勢《こいぜい》だよね。ふふっ。」

「夢乃《ゆめの》と萌花《もか》が騒《さわ》いで、収拾《しゅうしゅう》つかなくなってそうだわ。あははっ。」

ミーナと理央《りお》につられて、私《わたし》も笑《わら》っちゃった。

萌花《もか》とは、三次審査《じしんさ》でお別《わか》れになってしまったの。

すごくさみしいけれど、いつまでも悲《かな》しんではいられない。

萌花《もか》に推《お》してもらえるアイドルになるって約束《やくそく》を果《は》たすために、前《まえ》を向《む》かなくちゃね。

「よし、萌花《もか》の分《ぶん》もがんばろうか！」

理央《りお》の言葉《ことば》に、ミーナと夢乃《ゆめの》と私《わたし》は大《おお》きくうなずいた。

「いよいよ最終審査《さいしゅうしんさ》か……。」

「あんなにごった返《がえ》してた控《ひか》え室《しつ》も、スカスカになったたね。」

私《わたし》たちオーディション参加者《さんかしゃ》の控《ひか》え室《しつ》は、学校《がっこう》の教室《きょうしつ》より少《すこ》し広《ひろ》いくらいの大部屋《おおべや》。

最初《さいしょ》は二十人《にん》もいたから、すごく狭《せま》く感《かん》じたし、荷物《にもつ》の置《お》き場《ば》にも困《こま》った。

それが二次審査《じしんさ》で十五人《にん》になり、二日前《ふつかまえ》に行《おこな》われた三次審査《じしんさ》でさらに少《すく》なくなって……。

今《いま》、ここにいるのは、三次審査《じしんさ》を通過《つうか》して最終審査《さいしゅうしんさ》に挑《いど》む九人《にん》。

半分以上《はんぶんいじょう》の参加者《さんかしゃ》が去《さ》った控《ひか》え室《しつ》は、なんだかさみしく感《かん》じる。

（……なんて、甘《あま》いって怒《おこ》られちゃうかな。）

アイドルグループ『ｋｉｒａ《キラ》－ｋｉｒａ《キラ》』としてデビューできるのは、ここにいる九人《にん》中《ちゅう》、三人《にん》だけ。

みんな、最終審査《さいしゅうしんさ》に向《む》けて気合《きあい》が入《はい》っていて、気迫《きはく》がすごい。

私以外《わたしいがい》の人《ひと》は、バチバチしてる気《き》がする。

友《とも》だちを作《つく》りに来《き》たわけじゃないんだし、私《わたし》も「誰《だれ》にも負《ま》けない！」「私《わたし》がデビューする！」って強《つよ》い気持《きも》ちで、もっとギラギラしたほうがいいのかもしれないけど……。

（ギラギラ……できそうにない……。）

アピールや自己主張《じこしゅちょう》が苦手《にがて》な私《わたし》には、どうがんばっても難《むずか》しい。

でも、私《わたし》には『ｋｉｒａ《キラ》－ｋｉｒａ《キラ》』のメンバーになって壱弥《いちや》が作曲《さっきょく》した歌《うた》を歌《うた》いたい！　っていう強《つよ》い想《おも》いがある。

あるけど、その想《おも》いの熱量《ねつりょう》が、誰《だれ》かより上《うえ》である必要《ひつよう》はないんじゃないかなって、思《おも》うようになったんだ。

（比《くら》べる相手《あいて》は、周《まわ》りじゃなくて、昨日《きのう》の自分《じぶん》……だよね！）

そう思《おも》えるようになったのは、二次《じ》のダンス審査《しんさ》で心《こころ》を一つにして突破《とっぱ》したチームD《ディー》のみんなや、三次《じ》の歌唱審査《かしょうしんさ》の特別講師《とくべつこうし》だった蘭《らん》さんのおかげ。

そして、自分《じぶん》の評価《ひょうか》に失望《しつぼう》して、他人《たにん》と自分《じぶん》を比《くら》べてしまって、劣等感《れっとうかん》と嫉妬《しっと》で闇落《やみお》ちしそうだった私《わたし》を救《すく》ってくれた壱弥《いちや》や、機転《きてん》を利《き》かせて壱弥《いちや》に会《あ》わせてくれた光莉《ひかり》と諒《りょう》くんのおかげだ。

（よし、私《わたし》らしくがんばろう！）

気合《きあい》を入《い》れ直《なお》していたら、オーディション番組《ばんぐみ》のスタッフさんとカメラマンさん、そして、プロデューサーの大和田《おおわだ》さんが控《ひか》え室《しつ》にやってきた。

「一昨日《おととい》の三次審査《じしんさ》、お疲《つか》れさまでした。昨日《きのう》の放送《ほうそう》も、すごく好評《こうひょう》でしたよ。」

「いよいよ次《つぎ》は最終審査《さいしゅうしんさ》です。ぜひがんばってください！」

「これからグループごとに分《わ》かれて、顔合《かおあ》わせとダンスレッスンの様子《ようす》を撮影《さつえい》します。さっそくですが、それぞれの部屋《へや》に移動《いどう》してください。」

「「「はい！」」」

大和田《おおわだ》さんとスタッフさんからのあいさつと説明《せつめい》が終《お》わり、九人《にん》が移動《いどう》を始《はじ》めた。

昨日《きのう》、オーディション番組《ばんぐみ》の四回目《かいめ》の放送《ほうそう》があって、三次審査《じしんさ》への意気《いき》ごみや、蘭《らん》さんの個人《こじん》レッスンを受《う》ける様子《ようす》が放送《ほうそう》された。

三次審査《じしんさ》の様子《ようす》と結果《けっか》は、次《つぎ》の日曜日《にちようび》に放送《ほうそう》されるの。

そして……。その次《つぎ》の放送《ほうそう》が、番組《ばんぐみ》の最終回《さいしゅうかい》。

三時間《じかん》スペシャルで、最終審査《さいしゅうしんさ》の様子《ようす》が生放送《なまほうそう》される。

今日《きょう》は、番組最終回《ばんぐみさいしゅうかい》で最終審査前《さいしゅうしんさまえ》に放送《ほうそう》する分《ぶん》を収録《しゅうろく》するんだ。

三次審査《じしんさ》を突破《とっぱ》した九人《にん》は、三人《にん》ずつ花《はな》・雪《ゆき》・月《つき》の三グループに分《わ》けられた。

最終審査《さいしゅうしんさ》に向《む》けて、今日《きょう》から本格的《ほんかくてき》にダンスと歌《うた》のレッスンが始《はじ》まる。

「お互《たが》いがんばろう！」

そう誓《ちか》い合《あ》った私《わたし》たちは、それぞれの部屋《へや》へ向《む》かった。

# 03 天才《てんさい》？ 変人《へんじん》？

控《ひか》え室《しつ》の前《まえ》でミーナと理央《りお》と別《わか》れ、私《わたし》は夢乃《ゆめの》といっしょにレッスン室《しつ》に向《む》かった。

ミーナは『花《はな》』で、理央《りお》は『雪《ゆき》』。夢乃《ゆめの》と私《わたし》は、『月《つき》』になったんだ。

(夢乃《ゆめの》がいっしょで心強《こころづよ》いよ。)

苦手《にがて》な自己《じこ》アピールを夢乃《ゆめの》から学《まな》んで、最終審査《さいしゅうしんさ》でしっかりパフォーマンスしたいな。

最終審査《さいしゅうしんさ》の課題曲《かだいきょく》は、壱弥《いちや》が作曲《さっきょく》した『kira《キラ》-kira《キラ》』のデビュー曲《きょく》。

なんと、壱弥《いちや》のヒット曲《きょく》を数多《かずおお》く手《て》がけてる作詞家《さくしか》が歌詞《かし》をつけてくれて、壱弥《いちや》の振《ふ》り付《つ》けを担当《たんとう》してるカリスマダンサーで、このオーディションの審査員《しんさいん》でもあるSATOMIN《サトミン》先生《せんせい》が振《ふ》り付《つ》けをしてくれたの！

『kira《キラ》-kira《キラ》』になれたら、そんな夢《ゆめ》のような曲《きょく》でデビューできるんだ。

(なんてぜいたくなんだろう。すごすぎるよ！)

これから始《はじ》まるダンスレッスンも、明日《あした》の歌《うた》のレッスンも、とっても楽《たの》しみ。

（夜永名義《よながめいぎ》じゃなくて、壱弥《いちや》の名前《なまえ》で作曲《さっきょく》した初《はじ》めての曲《きょく》……。Ｋｉｒａ《キラ》－ｋｉｒａ《キラ》のメンバーになって歌《うた》いたい！）

自分《じぶん》を奮《ふる》い立《た》たせながら廊下《ろうか》をズンズン歩《ある》いていたんだけど……。

あれれ。夢乃《ゆめの》がめずらしく難《むずか》しい顔《かお》をしてる。

「夢乃《ゆめの》？　どうかした？」

「うーん。このグループ分《わ》けって、なにか意味《いみ》がありそうだな～と思《おも》って。」

「意味《いみ》？」

「そう。花《はな》グループってさ、元《もと》モデルの子《こ》がいるでしょ？　このオーディション番組《ばんぐみ》のために、モデル事務所《じむしょ》をやめてエントリーしたってウワサの。」

「東《あずま》エマちゃん？　歩《ある》き方《かた》がすごくきれいで、背《せ》が高《たか》くてスタイルがいい子《こ》だよね？」

「その子《こ》！　東《あずま》エマだけじゃなくて、ミーナともうひとりの子《こ》……ええっと、穂乃果《ほのか》も、高身長《こうしんちょう》で手足《てあし》が長《なが》くてモデル体型《たいけい》だし、花《はな》グループって、ビジュがいい三人《にん》が集《あつ》まってる感《かん》じがしない？」

「言《い》われてみたらそうかも！」

「東《あずま》エマは自分《じぶん》の見《み》せ方《かた》が上手《じょうず》で、歌《うた》もわりとうまい。ミーナはダンスが上手《じょうず》で、穂乃果《ほのか》は歌《うた》が上手《じょうず》。ビジュだけじゃなくてバランスもいいし、このままデビューできそう。」

「あ……。」

たしかにそうだ。いろんなバランスがよくて、完成《かんせい》されてる感《かん》じがする……。

「でね、雪《ゆき》グループには、ダンスが上手《じょうず》な理央《りお》、ほかのオーディションでも最終選考《さいしゅうせんこう》までいった実力《じつりょく》のある双葉《ふたば》と、おそらく参加者《さんかしゃ》の中《なか》で一番《いちばん》ダンスがうまい渡瀬紗里《わたせさり》がいるんだよ。」

「ダンス重視《じゅうし》のチーム……ってこと？」

「そんな気《き》がしない？　ダンスボーカルひとりとダンサーふたりの組《く》み合《あ》わせでバランスがいいし、ここもこのままデビューできそう。」

「……たしかに。」

「でも、私《わたし》たち月《つき》グループだって負《ま》けてないよ。アイドル性抜群《せいばつぐん》の私《わたし》と、歌《うた》が最高《さいこう》に上手《じょうず》な日向《ひなた》！　そして、歌唱審査《かしょうしんさ》で圧巻《あっかん》のパフォーマンスを見《み》せた、元子役《もとこやく》の神崎愛梨《かんざきあいり》！」

「う、うん。」

……あれ？　花《はな》と雪《ゆき》に比《くら》べて、月《つき》ってどうなんだろう。

夢乃《ゆめの》も、強気《つよき》な発言《はつげん》とは裏腹《うらはら》に、微妙《びみょう》な表情《ひょうじょう》をしてる。

「わかるよ、日向《ひなた》が思《おも》ってること。たぶん私《わたし》も同《おな》じことを感《かん》じてる。」

「……うん。」

「月《つき》って、いまいちよくわかんなくない!?　歌重視《うたじゅうし》なの!?　なんなの〜!?」

グサッ！

私《わたし》と夢乃《ゆめの》は、痛恨《つうこん》の一撃《いちげき》をくらってしまった。

「なんかさ〜、花《はな》は華《はな》やかで、雪《ゆき》はかっこいいイメージだけど、月《つき》は……。しいて言《い》うなら、かわいいイメージ？」

「うーん。夢乃《ゆめの》と神崎《かんざき》さんはかわいいイメージだけど、私《わたし》はちがうと思《おも》うなぁ。」

「日向《ひなた》はウインクがかわいかったし、やっぱり私《わたし》たちは『かわいい』担当《たんとう》だ！」

夢乃《ゆめの》はちょっと元気《げんき》を取《と》り戻《もど》したみたい。

(いやいや、あのウインクは、恥《は》ずかしいからもう封印《ふういん》！)

私《わたし》、ウインクをするとなぜか両目《りょうめ》をつぶってしまうんだよね。

二次審査《じしんさ》の放送後《ほうそうご》にバズってしまって、大変《たいへん》だったんだ。

ちゃんとウインクができるように練習《れんしゅう》をしなくちゃ……なんて考《かんが》えていたら、元気《げんき》を取《と》り戻《もど》したはずの夢乃《ゆめの》が、ズーンと落《お》ちこんでる！

「私《わたし》、気《き》づいちゃった。審査員《しんさいん》たちの本命《ほんめい》は花《はな》なのかも……。もう、デビューは花《はな》の三人《にん》って決《き》まってたりして……。」

そうだった！　夢乃《ゆめの》は自信満々《じしんまんまん》に見《み》えて、本当《ほんとう》は自分《じぶん》に自信《じしん》がない子《こ》なんだった。

不安《ふあん》になっちゃう気持《きも》ちはすごくわかるけど、これから収録《しゅうろく》だし、いつもの夢乃《ゆめの》に戻《もど》ってほしいよ。

（どうしたらいいかな。あっ！）

ハッとした私《わたし》は、夢乃《ゆめの》に笑顔《えがお》を向《む》けた。

「でも、最終審査《さいしゅうしんさ》はグループ単位《たんい》で審査《しんさ》されるわけじゃないから、気《き》にしなくていいんじゃないかな！」

「そっかなぁ……。」

「そうだよ！」

最終審査《さいしゅうしんさ》は、花《はな》・雪《ゆき》・月《つき》の三グループに分《わ》かれてパフォーマンスをする。

三人《にん》グループとしてのパフォーマンス力《りょく》や協調性《きょうちょうせい》を見《み》られるけれど、同時《どうじ》に、ひとりひとりのアイドル性《せい》も見《み》るって説明《せつめい》を受《う》けた。

グループに関係《かんけい》なく、九人中上位《にんちゅうじょうい》三人《にん》が合格《ごうかく》するシステムで、視聴者投票《しちょうしゃとうひょう》もあるんだ。

「それぞれのグループからひとりずつ合格《ごうかく》する可能性《かのうせい》も、同《おな》じグループの三人《にん》がそのまま合格《ごうかく》する可能性《かのうせい》も、グループからひとりも合格者《ごうかくしゃ》が出《で》ない可能性《かのうせい》もある……ってことか。」

「うん！　だから、グループ分《わ》けは気《き》にしなくていいんじゃないかな。」

明《あか》るい声《こえ》で夢乃《ゆめの》に言《い》いながら、自分《じぶん》にもそう言《い》い聞《き》かせる。

(不安《ふあん》にのみこまれないようにしなくちゃ。)

ただでさえ、同《おな》じグループの三人《にん》は仲間《なかま》でありライバル。

心《こころ》と力《ちから》を合《あ》わせて戦《たたか》った二次審査《じしんさ》のグループ審査《しんさ》とはちがって、最終審査《さいしゅうしんさ》は厳《きび》しくてヒリヒリする。

気《き》を緩《ゆる》めたら、すぐネガティブになっちゃいそうだ。

ええっと……。明《あか》るい話題《わだい》は……。そうだ！

「だいじょうぶだよ、夢乃《ゆめの》。私《わたし》たちのグループには、神崎愛梨《かんざきあいり》ちゃんもいるんだから！」

「元天才子役《もとてんさいこやく》の神崎愛梨《かんざきあいり》ねぇ……。たしかに、三次審査前《じしんさまえ》のレッスンも、三次審査《じしんさ》も、すごかったよね。蘭《らん》さんや光莉《ひかり》が憑依《ひょうい》してるみたいだった。どんな子《こ》なんだろう。」

実《じつ》は、私《わたし》もすごく気《き》になってるんだ。

愛梨《あいり》ちゃんは、アイドルオーラ満載《まんさい》で、天使《てんし》のようなほほ笑《え》みを持《も》つ美少女《びしょうじょ》。

三次審査前《じしんさまえ》に、実力派歌手《じつりょくはかしゅ》の安西蘭《あんざいらん》さんのレッスンを受《う》けたんだけど、愛梨《あいり》ちゃんは蘭《らん》さんのかっこいい曲《きょく》を見事《みごと》に歌《うた》ったの。

三次審査《じしんさ》では、ガラッと雰囲気《ふんいき》がちがう、光莉《ひかり》のデビュー曲《きょく》を歌《うた》った。

どちらもモノマネとはちがって、愛梨《あいり》ちゃんらしい歌唱《かしょう》になっていて、（すごい……。やっぱり天才《てんさい》なんだ。）って思《おも》ったんだ。

そんな愛梨《あいり》ちゃんと、同《おな》じグループでパフォーマンスできることが楽《たの》しみ。

私《わたし》にはない魅力《みりょく》を持《も》っている夢乃《ゆめの》と愛梨《あいり》ちゃん。

夢乃《ゆめの》は分析力《ぶんせきりょく》もすごくて、尊敬《そんけい》するよ。

（ふたりからたくさん学《まな》ばせてもらおう！）

ぐっと手《て》を握《にぎ》りしめた私《わたし》は、夢乃《ゆめの》に笑顔《えがお》を向《む》けた。

「最終審査《さいしゅうしんさ》で最高《さいこう》のパフォーマンスを披露《ひろう》できるよう、力《ちから》を合《あ》わせてがんばろう！」

「そうだね。悔《く》いが残《のこ》らないように、全力《ぜんりょく》でがんばろっか！」

自分《じぶん》たちの目標《もくひょう》を再確認《さいかくにん》した私《わたし》たちは、月《つき》グループのレッスン室《しつ》の前《まえ》で足《あし》を止《と》めた。

「ここだ。」

「あれ？　誰《だれ》もいない。」

壁一面《かべいちめん》が鏡《かがみ》になっている十畳《じょう》くらいの部屋《へや》には、愛梨《あいり》ちゃんの姿《すがた》はなかった。

五分《ふん》くらい待《ま》ったけど、いっこうに来《く》る気配《けはい》がない。

「愛梨《あいり》ちゃん、どうしたんだろう。」

「収録《しゅうろく》もあるし、欠席《けっせき》ってことはないよね。ていうか、さっき控《ひか》え室《しつ》にいたはずだよね？」

「うん……。たぶん。」

私《わたし》はギリギリの時間《じかん》に控《ひか》え室《しつ》に入《はい》って、夢乃《ゆめの》と理央《りお》とミーナとおしゃべりしてたから、ほかの参加者《さんかしゃ》をサラッとしか見《み》てなかったよ。

もう17時30分《ぷん》。45分《ふん》から、振《ふ》り付《つ》けを教《おし》えてくれる先生《せんせい》と、カメラとスタッフさんたちが来《き》て、月《つき》グループの撮影《さつえい》が始《はじ》まっちゃう。

「トイレとか？」

「体調悪《たいちょうわる》いのかな……。心配《しんぱい》だね。」

夢乃《ゆめの》と困惑《こんわく》していたそのときだった。

「ここに……います……。」

「「えっ⁉」」

ビクッと肩《かた》をふるわせて、私《わたし》たちは顔《かお》を見合《みあ》わせた。

どこからか、か細《ぼそ》い声《こえ》が聞《き》こえた気《き》がするんだけど……気《き》のせいかな？

「なんか変《へん》な声《こえ》、聞《き》こえなかった？　日向《ひなた》の声《こえ》……じゃないよね？」

「聞《き》こえた……。でも、私《わたし》の声《こえ》じゃないよ。」

「じゃあ、誰《だれ》の声《こえ》だろう。もしかして……。」

「「幽霊《ゆうれい》⁉」」

サーーッと背筋《せすじ》が寒《さむ》くなる。

「あっ！　日向《ひなた》、あそこ見《み》て！」

「な、なに⁉」

夢乃《ゆめの》が指《ゆび》を差《さ》したほうを見《み》ると……。

部屋《へや》の隅《すみ》っこに、体育座《たいいくずわ》りをした誰《だれ》かがいる――――！！！！

「ひぃーー！　座敷童《ざしきわらし》ーー！」

怖《こわ》すぎて、思《おも》わず夢乃《ゆめの》と抱《だ》き合《あ》っちゃった！

ふたりでガタガタふるえていると、ボソボソと声《こえ》が聞《き》こえてきた。

「か、神崎愛梨《かんざきあいり》です……。」

「えっ！」

「今《いま》、神崎愛梨《かんざきあいり》って言《い》った⁉」

よくよく見《み》ると、隅《すみ》っこで体育座《たいいくずわ》りをしているのは、どよ〜んと暗《くら》い顔《かお》をした神崎愛梨《かんざきあいり》ちゃん！

どよ〜〜ん…

（どうしちゃったの？　イメージがちがいすぎるよ！）

神崎愛梨《かんざきあいり》ちゃんと直接話《ちょくせつはな》したことはないけれど、審査中《しんさちゅう》やテレビで見《み》る彼女《かのじょ》は、天使《てんし》のような美少女《びしょうじょ》……っていうイメージだったのに。

隅《すみ》っこで縮《ちぢ》こまってる彼女《かのじょ》は、挙動不審《きょどうふしん》で目《め》も合《あ》わせてくれない。

「えーっと。………どうしたの？」

たくさんの疑問《ぎもん》を一言《ひとこと》にまとめた夢乃《ゆめの》に、愛梨《あいり》ちゃんはボソボソと答《こた》えた。

「驚《おどろ》かせてすみません。これが素《す》の私《わたし》なんです……。」

「「えっ！」」

「カメラやスタッフさんの前《まえ》だと、お仕事《しごと》モードでキラキラできるんですけど……。素《す》の私《わたし》は、超《ちょう》ネガティブでネクラでポンコツなんです……。」

「「えええー!?」」

ゆらりと立《た》ち上《あ》がった愛梨《あいり》ちゃんが、すすすーっと近《ちか》づいてきた。

「今《いま》までは、家《いえ》でお仕事《しごと》スイッチを入《い》れてから現場《げんば》に来《き》てたんですけど……。いよいよ最《さい》終審査《しゅうしんさ》ということで、ものすごく緊張《きんちょう》してしまって……。なかなかお仕事《しごと》スイッチが入《はい》らず、そのまま来《き》てしまいました。こんなポンコツな姿《すがた》をさらしてしまってすみません。」

深々《ふかぶか》と頭《あたま》を下《さ》げる愛梨《あいり》ちゃんに、ポカンとしてしまう。

「あ、あの……。幻滅《げんめつ》してますよね。私《わたし》なんかがアイドルを目指《めざ》してごめんなさい。キラキラしてないのに『ｋｉｒａ《キラ》-ｋｉｒａ《キラ》』のメンバーになりたいなんて、図々《ずうずう》しくてごめんなさい……。」

こ、これは……。私《わたし》よりも自分《じぶん》に自信《じしん》がない！

審査《しんさ》のときは、あんなに天使《てんし》みたいにキラキラしてたのに！

夢乃《ゆめの》も、「この子《こ》どうなってるの……。」って顔《かお》を引《ひ》きつらせてる。

（と、とりあえず自己紹介《じこしょうかい》でもしたほうがいいよね。）

だけどすぐに、部屋《へや》の外《そと》が騒《さわ》がしくなった。

「大変《たいへん》！　撮影《さつえい》スタッフとカメラが来《き》ちゃったみたい！」

夢乃《ゆめの》と愛梨《あいり》ちゃんも、あわあわとあわてだした。

「この状態《じょうたい》の神崎愛梨《かんざきあいり》を撮影《さつえい》されたらマズいんじゃない？」

「マズいですね。母《はは》とマネージャーにこっぴどく怒《おこ》られ、私《わたし》は最下位《さいかい》になってしまうかもしれません……。いや、絶対最下位《ぜったいさいかい》ですね。そして社会的《しゃかいてき》に消《き》えていくんです……。」

「ネガティブすぎ～！　ほら、今《いま》すぐやる気《き》スイッチ入《い》れて！」

「そんなこと言《い》われましても……。ううっ。自分《じぶん》のポンコツっぷりにへこみます……。」

「へこんでる場合《ばあい》じゃないから～～！」

わわわっ。どうしよう！　愛梨《あいり》ちゃんから負《ふ》のオーラがほとばしってる！

とりあえず、私《わたし》と夢乃《ゆめの》で、両手《りょうて》を広《ひろ》げて愛梨《あいり》ちゃんを隠《かく》してみた。

（いやいや、不自然《ふしぜん》すぎるよ！）

「失礼《しつれい》します～。撮影入《さつえいはい》りま～す。」

ついにスタッフさんとカメラが入室《にゅうしつ》してしまった！

絶体絶命《ぜったいぜつめい》の大《だい》ピンチ！

夢乃《ゆめの》と頭《あたま》を抱《かか》えた、そのときだった。

キラキラキラキラ

急《きゅう》にシャキッとした愛梨《あいり》ちゃんから、見事《みごと》なキラキラオーラが放《はな》たれた。

（愛梨《あいり》ちゃんにお仕事《しごと》スイッチが入《はい》った！　間一髪《かんいっぱつ》セーフ！　よかった〜〜。）

ホッとする私《わたし》の横《よこ》で、愛梨《あいり》ちゃんがにっこりとほほ笑《え》む。

「みなさん、お疲《つか》れさまです！」

天使《てんし》のような笑顔《えがお》、ちょっぴり鼻《はな》にかかった声《こえ》、まばゆいほど輝《かがや》くアイドルオーラ。

私《わたし》たちがかすむほどのキラッキラな愛梨《あいり》ちゃんに、夢乃《ゆめの》の笑顔《えがお》が引《ひ》きつってる。

「ほんとなんなの、この子《こ》……。」

夢乃《ゆめの》は小声《こごえ》でぼやきながらも、ホッとしてるみたい。

「月《つき》グループのみなさん、お疲《つか》れさまです！　グループ審査《しんさ》のレッスンぶりだね。」

キラキラオーラ満載《まんさい》の室内《しつない》に、元気《げんき》な笑顔《えがお》で入《はい》ってきたのは、ユウ先生《せんせい》！

カリスマダンサーＳＡＴＯＭＩＮ《サトミン》先生《せんせい》のお弟子《でし》さんで、二次審査《じしんさ》のときに振《ふ》り付《つ》けを教《おし》えてくれたんだ。

元気《げんき》いっぱいのユウ先生《せんせい》に、また会《あ》えてうれしいな。

「さっそく始《はじ》めるよ！　よろしくお願《ねが》いします。」

「「「よろしくお願《ねが》いします！」」」

鏡《かがみ》の前《まえ》に立《た》ったユウ先生《せんせい》が、まずはお手本《てほん》のダンスを見《み》せてくれた。

（わぁ……。すっごくかっこいい！　ダンスはキレッキレだけど、かわいい振《ふ》り付《つ》けもあって、曲《きょく》に合《あ》ってる！）

壱弥《いちや》の曲《きょく》と、歌詞《かし》と、振《ふ》り付《つ》けが合《あ》わさると、とんでもなくかっこいい！

感動《かんどう》が押《お》し寄《よ》せてきて、火《ひ》が灯《とも》ったみたいに胸《むね》の奥《おく》が熱《あつ》い。

ダンスが得意《とくい》じゃない私《わたし》だけど、壱弥《いちや》の曲《きょく》でこのダンスをおどりたい！　って、わくわくしてる。

夢乃《ゆめの》と愛梨《あいり》ちゃんも同《おな》じ気持《きも》ちみたい。キラキラと目《め》が輝《かがや》いていた。

「じゃあ、振《ふ》りうつしをするね。」

「「「はい！」」」

三人《にん》で横一列《よこいちれつ》になって、ユウ先生《せんせい》の振《ふ》りをしっかり見《み》ながら体《からだ》を動《うご》かしていく。

かっこいいだけあってやっぱり難《むずか》しい。

それに、テレビカメラ三台《だい》が、私《わたし》たちをひとりずつ撮影《さつえい》してる。

（緊張《きんちょう》しちゃうな。ずっと撮《と》られてるから、一瞬《いっしゅん》も気《き》が抜《ぬ》けない。）

私《わたし》には余裕《よゆう》なんてないのに、カメラの前《まえ》で愛梨《あいり》ちゃんの素《す》が出《で》てしまわないか心配《しんぱい》で、なかなか集中《しゅうちゅう》できない。


もし、愛梨《あいり》ちゃんが素《す》になっちゃったら、なんとかフォローしなくちゃ！


「うん。愛梨《あいり》、バッチリ！　しっかりおどれてるし、笑顔《えがお》も決《き》めポーズも最高《さいこう》！」

「ありがとうございます！」

「夢乃《ゆめの》と日向《ひなた》、もうちょっとがんばろっか！」

「……はい。すみません。」

ううっ。愛梨《あいり》ちゃんのことを心配《しんぱい》してる場合《ばあい》じゃなかった。

愛梨《あいり》ちゃんは、歌《うた》だけじゃなくてダンスもすごい。

すぐに振《ふ》り付《つ》けをマスターして、自分《じぶん》のものにしてる。

（お仕事《しごと》スイッチが入《はい》ったら人格《じんかく》が変《か》わるみたい……。やっぱり天才《てんさい》だ。）

その場《ば》にいるだけでみんなを魅了《みりょう》するような、圧倒的《あっとうてき》な存在感《そんざいかん》と輝《かがや》くオーラ。

まるで光莉《ひかり》や壱弥《いちや》みたいで、思《おも》わずごくっと息《いき》をのんだ。

焦《あせ》りよりも、恐怖《きょうふ》よりも、最終審査《さいしゅうしんさ》でこんなすごい人《ひと》といっしょにパフォーマンスができることにわくわくしてる。

（よし、私《わたし》もがんばろう！）

私《わたし》たちは、カメラにずっと撮《と》られている緊張感《きんちょうかん》の中《なか》、集中《しゅうちゅう》して振《ふ》り付《つ》けを覚《おぼ》えた。

だけど……。

「じゃあ、これでレッスンを終《お》わります。あとは終了時間《しゅうりょうじかん》までグループごとに自主練習《じしゅれんしゅう》をがんばってくださいね！」

ユウ先生《せんせい》がひらひらと手《て》を振《ふ》って部屋《へや》から出《で》ていき、スタッフさんとカメラもあとに続《つづ》くと……。

「ふぅう。やっとカメラから解放《かいほう》されました……。」

部屋《へや》のドアが閉《し》まったとたん、愛梨《あいり》ちゃんからキラキラがなくなり、暗《くら》〜いオーラがただよいはじめた。

「素《す》に戻《もど》ったね。」

「そうだね……。」

部屋《へや》の隅《すみ》っこに移動《いどう》した愛梨《あいり》ちゃんは、私《わたし》たちに背《せ》を向《む》けると、ヘッドフォンをつけてスマホをいじりはじめた。

「えっ。自己紹介《じこしょうかい》とか、今《いま》の練習《れんしゅう》の反省会《はんせいかい》とか、そういうのいらない感《かん》じ？　てか、あの子《こ》、乙女《おとめ》ゲームやってない？　推《お》しは二次元《にじげん》の住人《じゅうにん》なの？」

愛梨《あいり》ちゃんは、夢乃《ゆめの》のジトッとした視線《しせん》をまったく気《き》にせず、ホクホクした顔《かお》でスマホをタップしてる。

（すっごく楽《たの》しそう……。推《お》し活《かつ》かな？）

完全《かんぜん》に自分《じぶん》の世界《せかい》に入《はい》ってるみたいで、私《わたし》たちの存在《そんざい》も、会話《かいわ》も、まったく見《み》えてないし聞《き》こえてないみたい。

「自由《じゆう》すぎるでしょ。ていうか、お仕事《しごと》スイッチとやらが入《はい》ったあの子《こ》、私《わたし》とキャラがかぶってるんですけど〜！」

愛梨《あいり》ちゃんを生《なま》あたたかい目《め》で見《み》つめながら、夢乃《ゆめの》がボヤく。

「あはは……。」

(月《つき》グループ、だいじょうぶかな。)

チームD《ディー》のときとは、ちがう方向《ほうこう》にバラバラな気《き》がするよ。

……うーん。前途多難《ぜんとたなん》。

そのあとも、なかなかスイッチが入《はい》らない愛梨《あいり》ちゃんを励《はげ》ましつつ、月《つき》グループ三人《にん》でダンスの自主練習《じしゅれんしゅう》をがんばった。

(まずは自分《じぶん》のことをしっかりやらなくちゃ！　ふたりに迷惑《めいわく》をかけるわけにはいかない！)

ひとりでがんばってもわからないことや苦手《にがて》なことは、ふたりに相談《そうだん》したり、コツを教《おし》えてもらったり……。

グループ審査《しんさ》のときに、チームD《ディー》のみんなから学《まな》んだことを生《い》かして練習《れんしゅう》した。

(課題《かだい》はまだあるけれど、今日《きょう》は上出来《じょうでき》かな。)

少《すこ》しホッとしたとたん、別《べつ》の問題《もんだい》がムクムクと頭《あたま》の中《なか》に広《ひろ》がっていく。

(光莉《ひかり》、だいじょうぶかな……。)

休憩時間《きゅうけいじかん》のたびに、こっそりスマホを確認《かくにん》したけれど、光莉《ひかり》からの連絡《れんらく》はなにもない。

熱愛記事《ねつあいきじ》と明日《あした》のことを考《かんが》えると、不安《ふあん》や心配《しんぱい》が押《お》し寄《よ》せてくる。

そのたびに、さっき壱弥《いちや》からもらったエールを思《おも》い出《だ》して心《こころ》を奮《ふる》い立《た》たせた。

(まだ起《お》こってもいない明日《あした》のことを想像《そうぞう》して、落《お》ちこむのはよくないよね。夢乃《ゆめの》と愛梨《あいり》ちゃんにも迷惑《めいわく》かけちゃうし……。今《いま》やるべきことに集中《しゅうちゅう》しよう!)

自分《じぶん》にそう言《い》い聞《き》かせ、何度《なんど》も気持《きも》ちを切《き》り替《か》えて、なんとか最後《さいご》まで練習《れんしゅう》に集中《しゅうちゅう》した。

# 04 消《き》えたキラキラ

翌朝《よくあさ》、学校《がっこう》に着《つ》いた私《わたし》は、教室《きょうしつ》の前《まえ》で足《あし》を止《と》め、ごくっと息《いき》をのんだ。

緊張《きんちょう》でふるえながらスマホを取《と》り出《だ》して、こっそりネットニュースを確認《かくにん》してみる。

(よかった。まだ熱愛記事《ねつあいきじ》は出《で》てないみたい。)

ホッと胸《むね》をなでおろして、教室《きょうしつ》に入《はい》ると——。

「日向《ひなた》、おはよう!」

「おはよう、あーちゃん。」

あーちゃんが、いつもと同《おな》じ笑顔《えがお》で声《こえ》をかけてくれた。

陸《りく》もやってきて、教室内《きょうしつない》にはたくさんの「おはよう。」が飛《と》び交《か》う。

昨日《きのう》と変《か》わらない、私《わたし》の日常《にちじょう》だ。

「今日《きょう》はなんと! 奈子《なこ》が風邪《かぜ》で休《やす》みなんだって。なんとかは風邪《かぜ》引《ひ》かないっていうのにね~。いひひ。」

「めずらしいね、奈子《なこ》ちゃんが風邪《かぜ》引《ひ》くなんて。帰《かえ》りにお見舞《みま》いに行《い》く？」

「陸《りく》はやさしいね。じゃあ、三人《にん》で今日《きょう》のノートを届《とど》けてあげようか〜。奈子《なこ》お嬢様《じょうさま》ご自《じ》慢《まん》のお屋敷《やしき》を見《み》てやろうじゃないの〜。ふははははは〜。」

あーちゃんの、いつもと同《おな》じ笑顔《えがお》に救《すく》われるよ。

結局《けっきょく》、光莉《ひかり》は昨夜《ゆうべ》、家《いえ》に帰《かえ》ってこなかった。

事務所前《じむしょまえ》や自宅前《じたくまえ》で記者《きしゃ》が待《ま》ちぶせしてるかもしれないからって、マネージャーのナツさんが手配《てはい》してくれたホテルに、お母《かあ》さんといっしょに泊《と》まったんだ。

光莉《ひかり》と諒《りょう》くんは、連絡《れんらく》することを禁止《きんし》されてしまったみたい。

光莉《ひかり》のスマホはお母《かあ》さんがあずかっていて、連絡《れんらく》が取《と》れないの。

(だいじょうぶかな。心配《しんぱい》だよ、光莉《ひかり》……。)

担任《たんにん》の先生《せんせい》が来《き》て、ホームルームが始《はじ》まってもなかなか集中《しゅうちゅう》できない。

二時間目《じかんめ》の授業《じゅぎょう》が始《はじ》まる直前《ちょくぜん》、やっとお母《かあ》さんから連絡《れんらく》が来《き》た。

夕方《ゆうがた》には光莉《ひかり》といっしょに家《いえ》に帰《かえ》ってくるって！

(早《はや》く放課後《ほうかご》にならないかな。光莉《ひかり》に会《あ》いたいよ。)

このまま、なにごとも起《お》こりませんように。熱愛記事《ねつあいきじ》なんて出《で》ませんように。

そう祈《いの》っていたけれど……。


「日向《ひなた》っ！　たたたた大変《たいへん》っ！」

お昼休《ひるやす》みに入《はい》ってすぐ、あーちゃんがスマホを片手《かたて》に飛《と》んできた。

「ひひひ光莉《ひかり》……！　ね、ね、熱愛《ねつあい》！」

「……っ。」

心臓《しんぞう》がイヤな音《おと》を立《た》てて、サーッと血《ち》の気《け》が引《ひ》いていった。

あーちゃんが見《み》せてくれたネットニュースには、昨日《きのう》、壱弥《いちや》のスタジオで見《み》た記事《きじ》と同《おな》じ内容《ないよう》が掲載《けいさい》されていた。

（ついに……記事《きじ》が出《で》てしまったんだ……。）

教室中《きょうしつじゅう》から、いろいろな声《こえ》が聞《き》こえてくる。

「光莉《ひかり》が熱愛《ねつあい》!?」

「相手《あいて》は……諒《りょう》？　えー！　意外《いがい》！　壱弥《いちや》じゃないんだ～。」

「諒《りょう》ってモデルの？　『学園《がくえん》プリンス！』にも出《で》てたよね。」

「相手《あいて》が壱弥《いちや》じゃなくてよかった～。」

「………マジ、ムリ……。俺《おれ》の光莉《ひかり》が……。カレシいるとかうそだよな？」

クラスのみんなが、スマホを見《み》ながら、ショックを受《う》けたり戸惑《とまど》ったりしている。

となりのクラスも、二年生《ねんせい》も三年生《ねんせい》も、学校中《がっこうじゅう》が大変《たいへん》な大騒《おおさわ》ぎになってるみたい。

「日向《ひなた》……。だいじょうぶ？」

「……う、うん。」

「光莉《ひかり》の熱愛疑惑《ねつあいぎわく》は今《いま》までもあったし、今回《こんかい》もすぐ消《き》えるよ。元気出《げんきだ》して、日向《ひなた》。」

私《わたし》と光莉《ひかり》が双子《ふたご》の姉妹《しまい》だと知《し》ってるあーちゃんと陸《りく》が、こっそり気遣《きづか》ってくれる。

うれしくて泣《な》いちゃいそう。でも、今回《こんかい》の記事《きじ》は『疑惑《ぎわく》』とは言《い》えないよね……。

なんとか笑顔《えがお》を返《かえ》したいのに、顔《かお》が引《ひ》きつってしまうよ。

「アイドルだって、恋愛《れんあい》くらいするよね。」

幼稚園《ようちえん》のときみたく、私《わたし》の頭《あたま》をポンポンしながら、陸《りく》がつぶやいた。

「そうだよ。光莉《ひかり》だって人間《にんげん》だもん！　恋《こい》くらいするよ！　むしろ今《いま》までのラブソングは、諒《りょう》を想《おも》って歌《うた》ってるって思《おも》ったら、キュンってするよ〜。」

あーちゃんが鼻息荒《はないきあら》くそう言《い》うと、陸《りく》も続《つづ》ける。

「そもそも、『アイドルは恋愛禁止《れんあいきんし》』って、日本《にほん》とか韓国《かんこく》とか特有《とくゆう》の文化《ぶんか》だと思《おも》うよ。」

「そうなの⁉」

「もちろん、自分《じぶん》が推《お》しているアイドルに恋愛《れんあい》なんかしてほしくないって思《おも》ったり、熱愛《ねつあい》報道《ほうどう》を見《み》てつらくなるファンは世界中《せかいじゅう》にいると思《おも》う。だけど、アイドルもひとりの人間《にんげん》だから。恋愛《れんあい》も個人《こじん》の自由《じゆう》って考《かんが》えが、世界《せかい》のスタンダードだよ。その代《か》わり、プロとして高《たか》いクオリティを求《もと》められるけどね。」

「なるほど……。そもそもアイドルって、歌《うた》とかダンスとかの、パフォーマンスがメインの仕事《しごと》でしょ？　ガチ恋《こい》ファンが推《お》しに恋愛《れんあい》をしてほしくないって考《かんが》えてしまうのは仕方《しかた》ないことだし、私《わたし》だって、壱弥《いちや》に恋人《こいびと》ができたら一年《ねん》くらい寝《ね》こんじゃうかもだけど……。だからって誹謗中傷《ひぼうちゅうしょう》はだめだよね。不満《ふまん》は心《こころ》の中《なか》にしまっておくべきだよ！」

あーちゃんはそう言《い》って、スマホの画面《がめん》をチラリと見《み》た。

**【光莉《ひかり》が熱愛《ねつあい》ってマジ？】【裏切《うらぎ》られた】【待《ま》って待《ま》って。うそだと言《い》って！】【寝《ね》こむ】**

【アイドルなのに熱愛《ねつあい》ってありえなくない?】【推《お》しの熱愛《ねつあい》、たえられん】【相手許《あいてゆる》さん】
【諒《りょう》、一生《いっしょう》うらむ……】【もう光莉《ひかり》を推《お》せない】【今《いま》まで推《お》した時間《じかん》と金《かね》を返《かえ》せ】

SNS《エスエヌエス》は阿鼻叫喚《あびきょうかん》の騒《さわ》ぎになっていて、ぎゅっと胸《むね》が痛《いた》む。

「あっ。ごめん……。」

あーちゃんは、あわててスマホの画面《がめん》を消《け》して、私《わたし》の手《て》をそっと両手《りょうて》で包《つつ》んだ。

「アイドル自身《じしん》がファンをひきつけておくために、その気《き》もないのに『私《わたし》は恋愛《れんあい》しません!』って言《い》うのは……たしかに誠実《せいじつ》ではないかもしれないけど、私《わたし》たちはアイドルに夢《ゆめ》を見《み》させてもらってるんだよ。光莉《ひかり》も諒《りょう》も、恋愛禁止《れんあいきんし》を公言《こうげん》してないんだし、こんなに騒《さわ》ぐことないと思《おも》うんだ。」

「俺《おれ》もそう思《おも》うよ。それに、推《お》しの恋愛《れんあい》がイヤなら、どんな手《て》を使《つか》ってでも相手《あいて》から奪《うば》えばいいんだよ。俺《おれ》ならそうするな。」

「えっ。陸《りく》、それって自分《じぶん》も芸能人《げいのうじん》になって……ってこと?」

「そういうこと〜!」

「さっすが陸《りく》! でもそれ、顔面強《がんめんつ》よ強《つ》よハイスペックイケメンの陸《りく》だから言《い》えることだと思《おも》うけど！　ていうか、すでにスカウトとかされたりしてる⁉」

「ふふふ。どうかな～。もし、俺《おれ》が芸能人《げいのうじん》になったら、あーちゃんは推《お》してくれる？」

「推《お》すよ！　もっちろん！」

「成瀬壱弥《なるせいちや》よりも？」

「えっ！　うーーん。ちょっと考《かんが》えさせて。」

「そこ考《かんが》えちゃうんだ！」

あーちゃんと陸《りく》の大笑《おおわら》いにつられて、私《わたし》も思《おも》わず笑《わら》っちゃった。

おかげで少《すこ》し元気《げんき》が出《で》たよ。

「……ありがとう。いつもふたりに助《たす》けられてるよ。」

家《いえ》に帰《かえ》ったら、光莉《ひかり》に教《おし》えてあげよう。こんなにも心強《こころづよ》い味方《みかた》がいるって。

バッシングの投稿《とうこう》に押《お》し流《なが》されてしまっているけれど、光莉《ひかり》を変《か》わらず応援《おうえん》してくれてる人《ひと》が、確実《かくじつ》にいるんだよって。


だけど……。

放課後《ほうかご》、私《わたし》が学校《がっこう》を出《で》るころには、光莉《ひかり》と諒《りょう》くんの熱愛《ねつあい》はまたたくまに全国《ぜんこく》に広《ひろ》がっていた。

ネットニュースやテレビは、繰《く》り返《かえ》しふたりの熱愛《ねつあい》を報道《ほうどう》していて、SNS《エスエヌエス》はバッシングであふれかえっている。

(光莉《ひかり》がバッシングを見《み》てないといいけど……。心配《しんぱい》だよ。)

「ただいま!」

奈子《なこ》の家《いえ》にはあーちゃんと陸《りく》が行《い》ってくれることになって、私《わたし》は急《いそ》いで家《いえ》に帰《かえ》った。

光莉《ひかり》はパジャマ姿《すがた》で、自分《じぶん》の部屋《へや》でぼんやりしていた。

「光莉《ひかり》……。」

(こんな光莉《ひかり》を見《み》るのは、初《はじ》めてかもしれない……。)

光莉《ひかり》は、事務所《じむしょ》の社長《しゃちょう》から、しばらく自宅謹慎《じたくきんしん》を言《い》い渡《わた》されたみたい。

スマホはナツさんがあずかることになり、家族以外《かぞくいがい》の人《ひと》と会《あ》うのも連絡《れんらく》を取《と》るのも禁止《きんし》。

諒《りょう》くんだけではなく、壱弥《いちや》やりりあ……クラスメイトたちともいっさい接触《せっしょく》できない。

でも、光莉《ひかり》がスマホでバッシングを目《め》にしてしまうことや、「光莉《ひかり》と電話《でんわ》して聞《き》いた。」と、うその情報《じょうほう》が拡散《かくさん》されてしまうのを防《ふせ》ぐためでもあるみたい。困惑《こんわく》した顔《かお》のお母《かあ》さんが、そう教《おし》えてくれた。

初《はじ》めて見《み》る元気《げんき》のない光莉《ひかり》に、なんて声《こえ》をかけていいかわからないよ。

「ただいま、光莉《ひかり》。」

ぼんやりしている背中《せなか》に声《こえ》をかけると、光《ひか》莉《り》はパッと振《ふ》り向《む》いてほほ笑《え》んだ。

「おかえり、日向《ひなた》ちゃん。もう、なんて顔《かお》してるの～？」

「……だいじょうぶ？」

「もっちろんだよ〜。でも、心配《しんぱい》かけてごめんね。さすがにこれは困《こま》ったたな。えへへ。」

いつものように、光莉《ひかり》は天使《てんし》のような笑顔《えがお》でそう言《い》った。

（私《わたし》にはわかるよ。私《わたし》を心配《しんぱい》させないように、がんばって元気《げんき》を装《よそお》ってるって……。）

だって、光莉《ひかり》にはいつもの輝《かがや》きがない……。

光莉《ひかり》が明《あか》るくふるまうほど、胸《むね》が痛《いた》むよ。

「ねぇ光莉《ひかり》。私《わたし》の前《まえ》では、ムリして笑《わら》わなくていいんだよ。」

「……日向《ひなた》ちゃん……。」

光莉《ひかり》の大《おお》きな瞳《ひとみ》に、じわじわと涙《なみだ》がにじむ。

「光莉《ひかり》はいつも私《わたし》に言《い》ってくれてるでしょ？　ひとりで戦《たたか》わなくてもいいんだよって。少《すこ》しくらい、私《わたし》にも頼《たよ》ってみてよ。」

涙《なみだ》をこらえてる光莉《ひかり》を、ぎゅっと抱《だ》きしめると。

「ありがとう。日向《ひなた》ちゃん。」

光莉《ひかり》は私《わたし》にしがみついて、泣《な》きだした。

いつも光莉《ひかり》が私《わたし》にやってくれているみたいに、背中《せなか》をやさしくなでる。

ひとしきり泣《な》いた光莉《ひかり》は、真《ま》っ赤《か》な目《め》で私《わたし》を見《み》つめた。

「……日向《ひなた》ちゃん、聞《き》いてくれる？」

「もちろんだよ。」

光莉《ひかり》はぽつぽつと話《はな》しはじめた。

「社長《しゃちょう》がすごく怒《おこ》ってて……。息子《むすこ》の諒《りょう》くんが、どんなひどい罰《ばつ》を受《う》けるのか……。ナツさんが私《わたし》のせいでクビになるんじゃないかって、心配《しんぱい》でたまらないの。」

「……うん。」

光莉《ひかり》をぎゅっと強《つよ》く抱《だ》きしめながら、私《わたし》はうなずいた。

「私《わたし》が諒《りょう》くんのことを好《す》きになったから……。私《わたし》が告白《こくはく》しちゃったから……。あのとき、諒《りょう》くんは私《わたし》のことを考《かんが》えてつきあえないって言《い》ってくれたのに、私《わたし》があきらめきれなくて、何度《なんど》も告白《こくはく》したの……。だから、ぜんぶ私《わたし》のせいだよ……。」

そう、だったんだ……。

(光莉《ひかり》にとって、どうしてもあきらめられない恋《こい》だったんだね……。)

私《わたし》の目《め》からも涙《なみだ》があふれてきて、光莉《ひかり》のパジャマをぬらす。

なにを言《い》ってもうすっぺらい気《き》がして、自分《じぶん》を責《せ》めている光莉《ひかり》にかける言葉《ことば》が見《み》つからない。

(抱《だ》きしめてあげることしかできなくて、ふがいないよ……。)

でも、光莉《ひかり》は少《すこ》し落《お》ち着《つ》いたみたい。

スッキリした顔《かお》で、「ありがとう。」って涙《なみだ》をぬぐった。


ひとしきり泣《な》いた光莉《ひかり》をベッドに寝《ね》かせて、おふとんをかけた。

(少《すこ》しの辛抱《しんぼう》だといいな。すぐにすべてが元《もと》どおりになればいいのに……。)

泣《な》き疲《つか》れて眠《ねむ》った光莉《ひかり》の寝顔《ねがお》を見《み》ながら、そう願《ねが》う。

だけど……。

次《つぎ》の日《ひ》になっても、光莉《ひかり》は部屋《へや》から出《で》てこなくて。

ふさぎこんだ光莉《ひかり》からは、キラキラが消《き》えていた――……。

# 05 光莉《ひかり》が引退《いんたい》……!?

光莉《ひかり》と諒《りょう》くんの熱愛報道《ねつあいほうどう》が出《で》てから、数日《すうじつ》が経《た》った土曜日《どようび》。

相変《あいか》わらず、テレビはどのチャンネルもふたりの話題《わだい》ばかりだ。

(光莉《ひかり》が見《み》ちゃう前《まえ》に、テレビを消《け》そう。)

リモコンに手《て》を伸《の》ばすと、テレビの画面《がめん》に、見知《みし》った顔《かお》と、最高《さいこう》に麗《うるわ》しい顔《かお》がうつった。

『え？　熱愛《ねつあい》？　諒《りょう》くんと光莉《ひかり》ちゃんが!?　ええっ。りりあ、ぜんっぜん知《し》りませんでしたぁ〜〜。本当《ほんとう》に本当《ほんとう》ですか〜？　うそ〜！　びっくりです〜〜！』

『ふたりとは同《おな》じクラスですけど、まったくそんな様子《ようす》は感《かん》じなかったですけどね……。え？　証拠写真《しょうこしゃしん》もあるんですか？　へぇ。演技《えんぎ》の練習《れんしゅう》にも見《み》えるけど。』

ステラ学園前《がくえんまえ》で、りりあと壱弥《いちや》がインタビューに答《こた》えてる！

(夕方《ゆうがた》だし学校帰《がっこうがえ》りだから、ちょっと前《まえ》の映像《えいぞう》かな……。)

どうやら、ふたりは光莉《ひかり》と諒《りょう》くんのクラスメイト……ということで、校門前《こうもんまえ》で待《ま》ちぶせされてたみたい。

素《す》で驚《おどろ》くりりあに、しらばっくれる壱弥《いちや》。

(さすが壱弥《いちや》。演技《えんぎ》が自然《しぜん》で天才《てんさい》すぎる……！)

感心《かんしん》したのもつかのま。

ふたりにも、どさくさにまぎれてプライベートな質問《しつもん》が次々《つぎつぎ》と投《な》げかけられた。

『ハニーレモンは恋愛禁止《れんあいきんし》を公言《こうげん》してますが、りりあさんは……？』

『私《わたし》はファンが一番《いちばん》で〜す。いつも応援《おうえん》ありがとう！　みんな、大好《だいす》きだよ♡』

『壱弥《いちや》さんは、光莉《ひかり》さんや安西蘭《あんざいらん》さんとの熱愛疑惑《ねつあいぎわく》がありましたが……。本命《ほんめい》はどっちなんですか？』

『あはは。その二択《にたく》しかないんですか？』

『では、別《べつ》に好《す》きな人《ひと》や恋人《こいびと》がいるってことですか？』

『いるって言《い》ったらどうします？』

『『えっっ!?』』

い、い、壱弥《いちや》？　なに言《い》っちゃってるのー⁉

マイクを突《つ》き出《だ》してる記者《きしゃ》さんとりりあだけじゃなく、私《わたし》までテレビの前《まえ》で驚《おどろ》きの声《こえ》を上《あ》げちゃった。

『ふふふ。なんちゃって♡　やだなぁ。驚《おどろ》きました？』

壱弥《いちや》は、いつもより増《ま》し増《ま》しでキラキラ王子様《おうじさま》モードを発動《はつどう》してる……！

記者《きしゃ》さんも、テレビの前《まえ》のファンも、思考停止《しこうていし》させるつもりだ。

事実《じじつ》、私《わたし》も思考停止《しこうていし》しちゃってるし、頭《あたま》の中《なか》が壱弥《いちや》だらけになっちゃってる！

（おそるべし、成瀬壱弥《なるせいちや》……！）

『俺《おれ》もできる限《かぎ》りのことはするつもり。』

ふと、この前《まえ》、スタジオで聞《き》いた壱弥《いちや》の言葉《ことば》を思《おも》い出《だ》した。

（そっか。壱弥《いちや》はふたりの熱愛《ねつあい》から、話題《わだい》をそらしてくれてるんだ。）

ありがとう、壱弥《いちや》。

でも、あんなドキドキ発言《はつげん》しちゃってだいじょうぶかな。

（松田《まつだ》さんに怒《おこ》られませんように。）

夕日《ゆうひ》を浴《あ》びてキラキラ輝《かがや》いてる壱弥《いちや》に、キュンと胸《むね》がふるえた。

私《わたし》ね、恋《こい》を知《し》ってから、見《み》える景色《けしき》が変《か》わったよ。

キュンもひりひりも、幸《しあわ》せも知《し》って、心《こころ》の中《なか》がキラキラしてる。

だから……。

光莉《ひかり》がキラキラ輝《かがや》いてる源《みなもと》は、諒《りょう》くんへの想《おも》いだってこと、今《いま》ならすごくわかるんだ。

(やっぱり私《わたし》は、アイドルが恋《こい》をすることを、悪《わる》いとは思《おも》えないよ。)

この気持《きも》ち、光莉《ひかり》に伝《つた》えたい！

いてもたってもいられなくて、私《わたし》はいきおいよく光莉《ひかり》の部屋《へや》をノックした。

「光莉《ひかり》、入《はい》っていい？」

「……うん。」

いつもとはちがう、か細《ぼそ》い声《こえ》にきゅっと胸《むね》が締《し》めつけられる。

そーっとドアを開《あ》けると、カーテンを閉《し》めたままのうす暗《ぐら》い部屋《へや》で、光莉《ひかり》はパジャマのままパソコンの画面《がめん》をながめていた。

さっきまで私《わたし》が見《み》ていた、壱弥《いちや》とりりあのインタビューだ。

「光莉《ひかり》……。」

光莉《ひかり》はパソコンの画面《がめん》をぼんやり見《み》たまま、ポツリとつぶやいた。

「……私《わたし》、壱弥《いちや》とりりあにも迷惑《めいわく》かけちゃった……。」

「…………」

そんなことないよ！　なんて、その場《ば》しのぎすぎて。

なにも言《い》えないまま、ただ光莉《ひかり》の言葉《ことば》を受《う》け止《と》めることしかできない。

「これ以上《いじょう》、大切《たいせつ》な人《ひと》に迷惑《めいわく》かけたくないから……。もうアイドルやめようと思《おも》うんだ。」

「……えっ。それって……。」

「うん。私《わたし》、引退《いんたい》する……。」

「……っ。」

思《おも》いもよらない言葉《ことば》に、私《わたし》はごくりと息《いき》をのんだ。

光莉《ひかり》が……アイドルを引退《いんたい》!?

ここまでたくさんの努力《どりょく》を重《かさ》ねて、トップアイドルとしてキラキラ輝《かがや》いているのに。

光莉《ひかり》が仕事《しごと》にかける情熱《じょうねつ》や、ファンへの想《おも》いは、まぎれもなく本物《ほんもの》なのに……！

(恋《こい》をしたら、ぜんぶうそだと思《おも》われてしまうの？　裏切《うらぎ》ったって言《い》われてしまうの？)

心《こころ》が悲鳴《ひめい》を上《あ》げて、ごちゃまぜの感情《かんじょう》がのどの奥《おく》につまって息苦《いきぐる》しい。

思《おも》わずぐっとくちびるをかんだ私《わたし》に、光莉《ひかり》が力《ちから》なく言《い》った。

「このままだと、いつか日向《ひなた》ちゃんにも迷惑《めいわく》をかけてしまうかもしれないから。それに、諒《りょう》くんを失《うしな》ったら、私《わたし》はステージで輝《かがや》けない。もう笑顔《えがお》になれないの……。」

「光莉《ひかり》……。」

うつむいた光莉《ひかり》からは、笑顔《えがお》も消《き》えていた。

今《いま》までの私《わたし》だったら、仕事《しごと》なのになに言《い》ってるの!?　って思《おも》っていたかもしれない。

でも、壱弥《いちや》に恋《こい》した今《いま》は、光莉《ひかり》の気持《きも》ちが痛《いた》いほどわかるんだ。

(光莉《ひかり》がアイドルを引退《いんたい》だなんて……。ショックだけど、光莉《ひかり》を休《やす》ませてあげたい。)

今《いま》は、光莉《ひかり》の笑顔《えがお》を取《と》り戻《もど》すことが最優先《さいゆうせん》だ。

そう決《き》めた私《わたし》は、いつも壱弥《いちや》がしてくれるみたいに、光莉《ひかり》の頭《あたま》をやさしくなでた。

「光莉《ひかり》の気持《きも》ちはわかったよ。だいじょうぶ。私《わたし》にまかせて。」

それから――……。

話《はな》し合《あ》いを終《お》えて事務所《じむしょ》から帰《かえ》ってきたお母《かあ》さんに、私《わたし》は光莉《ひかり》の気持《きも》ちを伝《つた》えた。

お母《かあ》さんも、私《わたし》と同《おな》じ気持《きも》ちみたい。

すぐに、光莉《ひかり》のマネージャーのナツさんに電話《でんわ》をかけてくれた。

電話《でんわ》が終《お》わると、私《わたし》とお母《かあ》さんは光莉《ひかり》の部屋《へや》に行《い》った。

「光莉《ひかり》の現状《げんじょう》と気持《きも》ちを、ナツさんに伝《つた》えたわ。引退《いんたい》ではなく、ひとまず無期限休業《むきげんきゅうぎょう》の方《ほう》向《こう》で考《かんが》えてほしいって言《い》われたけど……。」

「そっか……。とりあえず、休《やす》めることになってよかった。」

「そうね。ナツさんは、とにかく今《いま》は休《やす》んでって言《い》ってくれてるから、光莉《ひかり》はもうなにも心配《しんぱい》しなくていいのよ。」

それを聞《き》いた光莉《ひかり》は、ホッとした顔《かお》で、やっと眠《ねむ》りについた。

相沢家《あいざわけ》は、団結《だんけつ》して光莉《ひかり》を守《まも》ることに決《き》めたんだ。

だけど……。

その夜《よる》、さらなるとんでもない事態《じたい》が私《わたし》たちをおそった。

それは、私《わたし》のマネージャーの美鈴《みすず》さんからの、突然《とつぜん》の電話《でんわ》だった。

『日向《ひなた》さん、私《わたし》から連絡《れんらく》があるまで家《いえ》から出《で》ないでください！』

「えっ。わ、わかりました。」

あわてた様子《ようす》に、なにがなんだかわからないまま、胸騒《むなさわ》ぎを覚《おぼ》える。

『あと、私《わたし》からの電話《でんわ》以外《いがい》、出《で》ないでください。メッセージも返《かえ》しちゃダメです！』

「わかりました。あの、どうかしたんですか……？」

『ちょっと大変《たいへん》なことになりました。実《じつ》は……。』

美鈴《みすず》さんの言葉《ことば》を聞《き》いて、背中《せなか》に冷《つめ》たい汗《あせ》が流《なが》れ落《お》ちた。

（どうして、そんなことに……。）

あまりの衝撃《しょうげき》とショックに目《め》の前《まえ》が暗《くら》くなって、私《わたし》はその場《ば》にへたりこんでしまった。

# 06 暴露《ばくろ》された秘密《ひみつ》【side《サイド》壱弥《いちや》】

今日《きょう》の仕事《しごと》をすべて終《お》わらせた俺《おれ》は、夜《よる》ご飯《はん》を食《た》べ、マネージャーの松田《まつだ》さんに車《くるま》でマンションまで送《おく》ってもらった。

その十分後《ぷんご》……。

「壱弥《いちや》！　た、大変《たいへん》なことになった……！」

血相《けっそう》を変《か》えた松田《まつだ》さんが、俺《おれ》のスタジオに駆《か》けこんできた。

(声《こえ》がでかいんだって。)

心《こころ》の中《なか》で悪態《あくたい》をつきながら、仕事《しごと》モードの笑顔《えがお》を向《む》ける。

「そんなにあわててどうしたの？」

「はぁ……はぁ……。　いいか、落《お》ち着《つ》いて聞《き》けよ。」

「うん。」

なんだよ。　また俺《おれ》のでまかせ熱愛記事《ねつあいきじ》でも出《で》るのか？

彼女《かのじょ》にフラれた……とか、しょーもないことだったら、即《そく》、追《お》い出《だ》すぞ。

（それにしても、松田《まつだ》さんの顔色《かおいろ》が悪《わる》いな。）

俺《おれ》と光莉《ひかり》の熱愛疑惑《ねつあいぎわく》が出《で》たときも、蘭《らん》との熱愛報道《ねつあいほうどう》のときも、こんなにはあわててなかった。

（なにが起《お》こった？　イヤな予感《よかん》がする……。）

その予感《よかん》は的中《てきちゅう》して、松田《まつだ》さんの口《くち》からとんでもない言葉《ことば》が飛《と》び出《だ》した。

「深刻《しんこく》な事態《じたい》だ。日向《ひなた》ちゃんが光莉《ひかり》の双子《ふたご》の妹《いもうと》だってことを、ギャラクシーの社長《しゃちょう》がリークしやがった！」

「……っ！」

光莉《ひかり》と諒《りょう》の事務所《じむしょ》の社長《しゃちょう》が、日向《ひなた》と光莉《ひかり》の秘密《ひみつ》をバラした……!?

体中《からだじゅう》の血液《けつえき》が沸騰《ふっとう》するような激《はげ》しい怒《いか》りを、ぐっとこらえて落《お》ち着《つ》かせる。

「……ギャラクシーの社長《しゃちょう》は、いったいどういうつもりなんだろうね。」

「光莉《ひかり》のマネージャーから事情《じじょう》を聞《き》き出《だ》したよ。どうやら、光莉《ひかり》が引退《いんたい》したいって言《い》ってるらしい。ひとまず無期限休業《むきげんきゅうぎょう》の方向《ほうこう》で話《はな》し合《あ》ってるけれど、光莉《ひかり》は引退《いんたい》するの一点張《いってんば》りらしくてな。ギャラクシーは光莉《ひかり》に引退《いんたい》されたら困《こま》る。あわてた社長《しゃちょう》が、もっと大《おお》きなニュースで、光莉《ひかり》と諒《りょう》の熱愛報道《ねつあいほうどう》をかき消《け》そうとしたらしい。」

「へぇ……。もっと大《おお》きなニュースでね……。」

「ああ。今《いま》、うちの事務所《じむしょ》にあちこちから問《と》い合《あ》わせが来《き》てる。【エストレラプロダクション主催《しゅさい》のオーディション番組《ばんぐみ》に参加中《さんかちゅう》の『相沢日向《あいざわひなた》』が、光莉《ひかり》の双子《ふたご》の妹《いもうと》だというのは本当《ほんとう》か？】って。もうごまかしきれない。明日《あした》はこの話題《わだい》が世間《せけん》を騒《さわ》がせるぞ。」

「やってくれたね。ギャラクシーは、自分《じぶん》のところのタレントを守《まも》るために、日向《ひなた》ちゃんを……うちを巻《ま》きこんだってことか……。」

こみあげてくる怒《いか》りを抑《おさ》えながらつぶやくと、松田《まつだ》さんがごくりと息《いき》をのんだ。

「落《お》ち着《つ》け、壱弥《いちや》。」

「落《お》ち着《つ》いてるよ。」

「ああ、まぁ、うん。この世《よ》を焼《や》きつくそうとする魔王《まおう》みたいな目《め》をしてるけどな。」

「あはは。なにそれ。で、うちの事務所《じむしょ》はどうするの？」

「それなんだが。うちの事務所《じむしょ》は、全力《ぜんりょく》でオーディションと壱弥《いちや》を守《まも》る！」

「は……？」

マズい。素《す》が出《で》た。

あわてて仕事《しごと》モードの笑顔《えがお》を貼《は》りつけたけれど。

（日向《ひなた》を全力《ぜんりょく》で守《まも》れよ。）

そんな心《こころ》の声《こえ》が顔《かお》に出《で》てしまったらしい。

松田《まつだ》さんは苦笑《にがわら》いをして、額《ひたい》の汗《あせ》をハンカチでぬぐった。

「日向《ひなた》ちゃんは、おまえの優秀《ゆうしゅう》な付《つ》き人《びと》だった。なんとかしたい気持《きも》ちはわかるよ。だけどな、日向《ひなた》ちゃんが壱弥《いちや》の付《つ》き人《びと》だったことを知《し》ってる人《ひと》は、この業界《ぎょうかい》に少《すく》なからずいる。この窮地《きゅうち》でそれも騒《さわ》がれてしまったら、オーディションの不正疑惑《ふせいぎわく》が出《で》て、壱弥《いちや》もバッシングされるかもしれない。そうなったら、日向《ひなた》ちゃんの最終審査《さいしゅうしんさ》にも影響《えいきょう》するぞ。」

「……それは、そうだね。」

「まずは、事務所《じむしょ》のトップアイドル成瀬壱弥《なるせいちゃ》を、スキャンダルやバッシングから守《まも》ること。そして、オーディションを成功《せいこう》させること。それがエストレラプロダクションの優先《ゆうせん》事項《じこう》だ。」

「……わかったよ。」

「オーディションの最終審査《さいしゅうしんさ》は生放送《なまほうそう》で、視聴者投票《しちょうしゃとうひょう》もある。日向《ひなた》ちゃんがバッシングをされたら、視聴者投票《しちょうしゃとうひょう》の結果《けっか》は最悪《さいあく》だ。それをふせぐためにも、これ以上《いじょう》のスキャンダルはなんとしても起《お》こさないようにしなくてはいけない。だから、壱弥《いちや》。」

松田《まつだ》さんは、いつになくまじめな顔《かお》で俺《おれ》をじっと見《み》た。

「悪《わる》いが、オーディションが終《お》わるまで、スマホと行動《こうどう》を監視《かんし》させてもらう。」

「……えっ。本気《ほんき》？」

「本気《ほんき》だ。社長命令《しゃちょうめいれい》なんだよ。おまえが、諒《りょう》や光莉《ひかり》や日向《ひなた》ちゃんに連絡《れんらく》をしないよう、会《あ》いに行《い》かないよう、俺《おれ》がここに住《す》んで、24時間見張《じかんみは》ってろって。俺《おれ》だってこんなことしたくないさ。だけど、おまえのことだ。親友《しんゆう》の諒《りょう》を助《たす》けるために、なにか行動《こうどう》を起《お》こしそうだからな。この前《まえ》のインタビューもヒヤヒヤしたぞ。」

「……ごめん。」

マジか。こんな大事《だいじ》なときに、身動《みうご》きが取《と》れなくなるなんて。

(日向《ひなた》の緊急事態《きんきゅうじたい》なのに、駆《か》けつけるどころか、連絡《れんらく》すらできない……。)

思《おも》わずぎゅっとこぶしを握《にぎ》りしめる。

「壱弥《いちや》、気持《きも》ちはわかるが、今《いま》はがまんしてくれ……！　オーディションを成功《せいこう》させないと、スポンサーの零《れい》さんにも顔向《かおむ》けできない。おまえも困《こま》るだろ。」

「………。」

悔《くや》しいけど、なにも言《い》えなかった。

オーディションが、スキャンダルのせいで失敗《しっぱい》に終《お》わったら……。

兄貴《あにき》は、スキャンダルの原因《げんいん》を詳《くわ》しく調査《ちょうさ》するだろう。

そうなれば、俺《おれ》は、諒《りょう》と光莉《ひかり》と日向《ひなた》から引《ひ》き離《はな》される。

兄貴《あにき》はそういうやつだ。いつも俺《おれ》から過剰《かじょう》にリスクを取《と》り除《のぞ》く。

俺《おれ》が努力《どりょく》して築《きず》いたものを簡単《かんたん》に取《と》り上《あ》げて、兄貴《あにき》の監視下《かんしか》の囲《かこ》いに入《い》れようとする。

（それだけは避《さ》けたい。）

オーディションが成功《せいこう》すれば、事務所《じむしょ》からの監視《かんし》は終《お》わる。それまでの辛抱《しんぼう》だ。

「……わかったよ。事務所《じむしょ》の決定《けってい》に従《したが》う。」

俺《おれ》はポケットからスマホを取《と》り出《だ》して、テーブルに置《お》いた。

日向《ひなた》から誕生日《たんじょうび》にもらったストラップの、星《ほし》のチャームがきらりと光《ひか》る。

安堵《あんど》と申《もう》し訳《わけ》なさが入《い》り交《ま》じったような複雑《ふくざつ》な表情《ひょうじょう》で、松田《まつだ》さんが俺《おれ》のスマホを握《にぎ》りしめた。

「悪《わる》いな、壱弥《いちや》。」

「松田《まつだ》さんこそ、僕《ぼく》と24時間《じかん》いっしょだなんて、大変《たいへん》だよね。おとなしくしてるよ。絶対《ぜったい》にオーディションを成功《せいこう》させるから。」

「頼《たの》むよ。おまえには悪《わる》いけど、うちの事務所《じむしょ》は『成瀬壱弥《なるせいちや》』にかかってるんだ。」

「わかってるよ。一生懸命《いっしょうけんめい》がんばってる事務所《じむしょ》の後輩《こうはい》たちのためにも、がんばるから。」

にっこりほほ笑《え》みながら、俺《おれ》はぎゅっとこぶしを握《にぎ》りしめた。


松田《まつだ》さんを寝泊《ねと》まりする部屋《へや》に案内《あんない》し、俺《おれ》は自宅《じたく》に戻《もど》った。

自室《じしつ》に入《はい》り、机《つくえ》の引《ひ》き出《だ》しから変《へん》なかたちのピンク色《いろ》の消《け》しゴムを取《と》り出《だ》す。

光莉《ひかり》と入《い》れ替《か》わって、初《はじ》めてステラ学園《がくえん》に来《き》た日向《ひなた》が、俺《おれ》にくれたものだ。

消《け》しゴムをぎゅっと握《にぎ》りしめて、俺《おれ》は息《いき》を吐《は》いた。

(……日向《ひなた》、ごめん。)
明日《あした》、日向《ひなた》は思《おも》いもよらないスキャンダルに巻《ま》きこまれる。
つらいときにそばにいてやれないし、なにもできない。
だけど……。
(日向《ひなた》なら、乗《の》り越《こ》えられるって信《しん》じてる。)
俺《おれ》は、俺《おれ》ができることをしよう。
少《すこ》しでも、なにかできることを探《さが》そう。
そう決《き》めて、窓《まど》の外《そと》に輝《かがや》く三日月《みかづき》を見上《みあ》げた。

# 07 みんなの反応《はんのう》

一夜明《いちやあ》けた、日曜日《にちようび》の朝《あさ》。

私《わたし》と光莉《ひかり》が双子《ふたご》の姉妹《しまい》だというニュースは、あっというまに日本中《にほんじゅう》に拡散《かくさん》された。


【相沢日向《あいざわひなた》がオーディション番組《ばんぐみ》に出《で》てるのって、光莉《ひかり》のコネ？】

【でも光莉《ひかり》と相沢日向《あいざわひなた》は事務所《じむしょ》がちがうよ。コネなんてある？】

【事務所《じむしょ》がちがうのも作戦《さくせん》じゃないの】【双子《ふたご》だってバレないために、そこまでやる必要《ひつよう》ある？】【作戦《さくせん》だしコネ。だまされた】【双子《ふたご》なのに事務所《じむしょ》がちがうってナゾ。双子《ふたご》ってデマでしょ】【顔《かお》、似《に》てないしね】【よく見《み》たら似《に》てるよ】【似《に》てないだろー。光莉《ひかり》は天使《てんし》！】【でも光莉《ひかり》は彼氏《かれし》いるんだよ】【それな！　てか、オーディション番組《ばんぐみ》もどうせやらせだろ】【テレビなんてうそばっかり】【どうでもいいけど光莉《ひかり》を返《かえ》せ】

SNS《エスエヌエス》では、さまざまな憶測《おくそく》が飛《と》び交《か》い、オーディション番組《ばんぐみ》のやらせ疑惑《ぎわく》まで持《も》ち上《あ》がって、大変《たいへん》なことになってしまっていた。

（私《わたし》のせいで、オーディション番組《ばんぐみ》にまで迷惑《めいわく》をかけてる……。）

わかってる。私《わたし》たちのせいではないってこと。

私《わたし》と光莉《ひかり》が双子《ふたご》だということは、それぞれの事務所《じむしょ》の社長《しゃちょう》とマネージャー、壱弥《いちや》と諒《りょう》くんとお母《かあ》さん、それと陸《りく》とあーちゃんだけの秘密《ひみつ》だった。

約束《やくそく》を突然《とつぜん》破《やぶ》ったのは、光莉《ひかり》の事務所《じむしょ》の社長《しゃちょう》。

悪《わる》いのは社長《しゃちょう》さんで、私《わたし》たちはどうすることもできなかったって。

（だけど……。結果的《けっかてき》に、みんなに迷惑《めいわく》をかけてしまってるよね。）

私《わたし》がアイドルを目指《めざ》さなければ……。

一瞬《いっしゅん》そんな考《かんが》えがよぎって、ブンブンとそれを追《お》い払《はら》った。

そんなこと、絶対《ぜったい》に思《おも》ってはダメ。

応援《おうえん》してくれてるみんなと、オーディションで涙《なみだ》のお別《わか》れをした萌花《もか》を裏切《うらぎ》ることになる。

SNS《エスエヌエス》に次々《つぎつぎ》と流《なが》れてくる理不尽《りふじん》なバッシングに落《お》ちこみながらも、美鈴《みすず》さんとの約束《やくそく》どおり、私《わたし》は一歩《いっぽ》も家《いえ》から出《で》ていない。

(壱弥《いちや》……。私《わたし》、どうしたらいいの?)

今《いま》まで助《たす》けてくれた光莉《ひかり》や諒《りょう》くんは、それどころじゃない。

お母《かあ》さんとナツさんは、この話題《わだい》が光莉《ひかり》の耳《みみ》に入《はい》ってしまわないように、パソコンもあずかるほど、ピリピリしてる。

私《わたし》もスマホの使用《しよう》を制限《せいげん》されていて、あーちゃんや陸《りく》に、弱音《よわね》を吐《は》くこともできない。

光莉《ひかり》がこれ以上《いじょう》自分《じぶん》を責《せ》めないように、私《わたし》は気丈《きじょう》にふるまっているけれど、本当《ほんとう》はすごく心細《こころぼそ》くて、これからどうなってしまうのか怖《こわ》くてたまらないんだ……。

『俺《おれ》たちも気《き》をつけたほうがいいけど、緊急事態《きんきゅうじたい》のときは連絡《れんらく》しろよ。どんな手《て》を使《つか》ってでも駆《か》けつけるから。』

その言葉《ことば》を思《おも》い出《だ》しては、壱弥《いちや》に会《あ》いたくなってしまう。

でも、これ以上迷惑《いじょうめいわく》をかけるわけにいかないから、連絡《れんらく》なんてできないよ。

(もしかしたら私《わたし》、オーディションを辞退《じたい》しなくちゃいけなくなるのかな。)

さらに積《つ》み重《かさ》なる不安《ふあん》に、私《わたし》は押《お》しつぶされそうだった。

お昼過《ひるす》ぎ、車《くるま》で迎《むか》えに来《き》てくれた美鈴《みすず》さんといっしょに、事務所《じむしょ》に行《い》った。

社長《しゃちょう》とも話《はな》した結果《けっか》、オーディションには今《いま》までどおり参加《さんか》できることになったんだ。

ホッとしたけれど、私《わたし》のせいで事務所《じむしょ》は大混乱《だいこんらん》みたい……。

（オーディション参加者《さんかしゃ》のみんなや、チームD《ディー》のみんな、月《つき》グループのみんな、事務所《じむしょ》のみんな、そして壱弥《いちや》にも迷惑《めいわく》をかけてしまった……。）

申《もう》し訳《わけ》なく思《おも》いながら、事務所《じむしょ》の廊下《ろうか》をトボトボ歩《ある》いていると。

「日向《ひなた》！」

後《うし》ろから追《お》いかけてきたのは、聞《き》き覚《おぼ》えのある声《こえ》。

だけど、今日《きょう》はめずらしくチャラさがない。

振《ふ》り向《む》くと、やっぱり。人気俳優《にんきはいゆう》の高沢悠雅《たかざわゆうが》さんが走《はし》り寄《よ》ってきた。

「日向《ひなた》、だいじょうぶか？　しっかり食《た》べて、ちゃんと寝《ね》てるか？」

「……悠雅《ゆうが》さん。」

悠雅《ゆうが》さんは、壱弥《いちや》と犬猿《けんえん》の仲《なか》で、前《まえ》に楽屋《がくや》で大《おお》ゲンカをしたこともある。

私《わたし》と壱弥《いちや》の仲《なか》を疑《うたが》ってるみたいだし、私《わたし》の秘密《ひみつ》も知《し》ってるみたいなの。

どの秘密《ひみつ》を知《し》ってるのかわからないから、事務所《じむしょ》の大先輩《だいせんぱい》だけど警戒《けいかい》しちゃうんだ。

でも、今《いま》は本気《ほんき》で私《わたし》のことを心配《しんぱい》してくれてるみたい。

思《おも》いがけない言葉《ことば》がうれしくて、申《もう》し訳《わけ》なくて、私《わたし》はうるんだ目《め》を隠《かく》すように深々《ふかぶか》と頭《あたま》を下《さ》げた。

「ありがとうございます。ご迷惑《めいわく》おかけしてすみません。」

「日向《ひなた》が悪《わる》いわけじゃないんだから、元気《げんき》出《だ》せよ。ていうか、日向《ひなた》の秘密《ひみつ》、俺《おれ》がバラしたわけじゃないからな。」

「えっ。」

……ということは。

「悠雅《ゆうが》さんは、私《わたし》と光莉《ひかり》が双子《ふたご》だって知《し》ってたんですね。」

「……まぁな。どっかの声《こえ》がでかい熱血《ねっけつ》マネージャーと、ライバル事務所《じむしょ》のうっかりマネージャーがこっそり話《はな》してるの聞《き》いちゃったんだよね。でも、俺《おれ》しかいなかったし、そのことは誰《だれ》にも言《い》ってない。」

「……そうだったんですね。」

こっそり話《はな》してたのって、壱弥《いちや》のマネージャーの松田《まつだ》さんと、光莉《ひかり》のマネージャーのナツさんかな。

(まさか、悠雅《ゆうが》さんに聞《き》かれてたなんて……。)

でも、悠雅《ゆうが》さんは誰《だれ》にも言《い》わないでくれたみたい。

「ありがとうございます。秘密《ひみつ》にしてくださって。」

「……っ。」

心《こころ》からお礼《れい》を言《い》うと、悠雅《ゆうが》さんはなぜかフイッとそっぽを向《む》いた。

あれ？　顔《かお》が赤《あか》くなってる……？　気《き》のせいだよね。

「正直《しょうじき》言《い》うと、その秘密《ひみつ》で壱弥《いちや》を脅《おど》してやろうって考《かんが》えてたけどさ。日向《ひなた》を巻《ま》きこむのはよくないよな〜って。だからもう、本当《ほんとう》に悪《わる》さはしないから安心《あんしん》しろよ。」

(わっ……。)

悠雅《ゆうが》さんが、私《わたし》の頭《あたま》をわしゃわしゃとなでる。

だけどその手《て》が急《きゅう》にピタッと止《と》まり、悠雅《ゆうが》さんはキョロキョロと周《まわ》りを見《み》た。

「悠雅《ゆうが》さん？」

「いや、また壱弥《いちや》が怒《おこ》って現《あらわ》れそうだと思《おも》ったんだけど、来《く》るわけないか。あいつ、オーディションが終《お》わるまで自由《じゆう》がないもんな。ってことは、今《いま》がチャンスってことか。」

「えっ。どういうことですか？」

オーディションが終《お》わるまで、壱弥《いちや》に自由《じゆう》がないって……。

詳《くわ》しく聞《き》きたいのに、悠雅《ゆうが》さんはニヤッと笑《わら》って私《わたし》の顔《かお》をのぞきこんだ。

「日向《ひなた》、俺《おれ》とデートしようぜ。どこ行《い》く？ いつ行《い》く？ 俺《おれ》はいつでもいいよ。スケジュールびっちりだけど、日向《ひなた》のために時間作《じかんつく》るから。」

（うわわわわっ！ 近《ちか》いよ！）

「いやいやいや、遠慮《えんりょ》します！」

「遠慮《えんりょ》するなよ。うるさい壱弥《いちや》がいない今《いま》がチャンスなんだし。」

「あの、それってどういうことですか？ 成瀬《なるせ》さんがいないって……。」

「えっ。あ、知《し》らないんだ。そっか。壱弥《いちや》はさ、今《いま》……。」

「ちょっと悠雅《ゆうが》さん！　日向《ひなた》さんをナンパしないでください！」

うわわっ。大事《だいじ》なところで、美鈴《みすず》さんが割《わ》って入《はい》ってきた。

(壱弥《いちや》はさ、今《いま》……の続《つづ》きが聞《き》きたいよ！)

だけど、悠雅《ゆうが》さんは美鈴《みすず》さんにつめよられていて、それどころじゃない。

「ナンパじゃないから。本気《ほんき》だから。」

「えっ！　それもダメです！　日向《ひなた》さんは最終審査前《さいしゅうしんさまえ》の大事《だいじ》なときなんですよ？　スキャンダルになることは控《ひか》えてください！」

「うるさいなぁ。いいじゃん、デートくらい。バレないようにうまくやるって。日向《ひなた》だって、俺《おれ》に恋《こい》したほうがいい歌《うた》、歌《うた》えるんじゃね？」

「そ、そうですかねぇ……。」

ちょっとちょっと美鈴《みすず》さん、悠雅《ゆうが》さんに言《い》いくるめられないで～！

あわあわしていたら、美鈴《みすず》さんがハッとわれに返《かえ》ったみたい。

「いやいや、なに言《い》ってるんですか！　人気俳優《にんきはいゆう》とアイドル研修生《けんしゅうせい》の恋《こい》なんて、ダメに決《き》まってるじゃないですか！　私《わたし》だって、社内恋愛禁止《しゃないれんあいきんし》なのに！」

「美鈴《みすず》さんの事情《じじょう》はどうでもいいし。」

「どうでもいいってひどいです。って、こんなことしてる場合《ばあい》じゃなかった。日向《ひなた》さん、これからテレビ局《きょく》で歌《うた》とダンスのレッスンです！　車《くるま》で送迎《そうげい》しますから行《い》きましょう！」

「は、はい！」

美鈴《みすず》さんは私《わたし》の腕《うで》をぐいぐい引《ひ》っ張《ぱ》って、悠雅《ゆうが》さんから引《ひ》き離《はな》してくれた。

「あーあ。せっかくのチャンスだったのに。」

そうぼやきながら、悠雅《ゆうが》さんは遠《とお》ざかる私《わたし》に見《み》えるように、大《おお》きく手《て》を振《ふ》った。

「日向《ひなた》、オーディションがんばれ。負《ま》けんなよ！　俺《おれ》がついてるからな！」

「ありがとうございます、悠雅《ゆうが》さん！」

いつも警戒《けいかい》しちゃっていた悠雅《ゆうが》さんからの、思《おも》いがけないエールがうれしいよ。

「もう！　日向《ひなた》さん、悠雅《ゆうが》さんには気《き》をつけてくださいね。す〜ぐ女《おんな》の子《こ》をデートに誘《さそ》うんですから。悠雅《ゆうが》さんの半径《はんけい》一メートル以内《いない》に近《ちか》づかないでください！」

「は、はい。わかりました。」

ぶつぶつ言《い》ってる美鈴《みすず》さんに連《つ》れられて、事務所《じむしょ》を出《で》る。

（壱弥《いちや》も松田《まつだ》さんも、事務所《じむしょ》にいないみたい……。）

もしかしたら、事務所《じむしょ》で会《あ》えるかもって淡《あわ》い期待《きたい》を抱《いだ》いていた。

ほんの一瞬《いっしゅん》でも壱弥《いちや》の姿《すがた》を見《み》ることができたら、私《わたし》はきっと、この窮地《きゅうち》をがんばりぬける気《き》がしたんだ。

（悠雅《ゆうが》さんはさっき、なんて言《い》おうとしたんだろう。）

壱弥《いちや》の身《み》に、なにか大変《たいへん》なことが起《お》こってないといいけど……。


「じゃあ、レッスンが終《お》わる時間《じかん》に迎《むか》えに来《き》ますね。日向《ひなた》さん、ファイトです！」

「ありがとうございます、美鈴《みすず》さん。がんばります！」

テレビ局《きょく》まで送《おく》ってもらった私《わたし》は、注意深《ちゅういぶか》く周囲《しゅうい》を見回《みまわ》して、記者《きしゃ》がいないか確認《かくにん》してから美鈴《みすず》さんの車《くるま》を降《お》りた。

私《わたし》が光莉《ひかり》の双子《ふたご》の妹《いもうと》だという報道《ほうどう》は、オーディション関係者《かんけいしゃ》にも伝《つた》わってるよね。

（怖《こわ》いけど、がんばらなきゃ……。）

悠雅《ゆうが》さんと美鈴《みすず》さんのエールを思《おも》い出《だ》して、ドキドキする鼓動《こどう》を落《お》ち着《つ》かせ、控《ひか》え室《しつ》に向《む》かった。

(あれ……? あそこに立《た》ってるのって……。)

オーディション参加者《さんかしゃ》の控《ひか》え室近《しっちか》くの廊下《ろうか》で、腕組《うでぐ》みをしてこっちをじっと見《み》てる女性《じょせい》がひとり。

(間違《まちが》いない。蘭《らん》さんだ!)

安西蘭《あんざいらん》さんは、世界的《せかいてき》に有名《ゆうめい》な実力派歌手《じつりょくはかしゅ》で、このオーディションの審査員《しんさいん》。

三次審査《じしんさ》の前《まえ》に、番組内《ばんぐみない》で特別《とくべつ》レッスンをしてくれた。

女子《じょし》アイドルが大嫌《だいきら》いで、光莉《ひかり》のことは特《とく》に嫌《きら》いみたい。

光莉《ひかり》と入《い》れ替《か》わっているときに、たくさんいじわるをされたんだ。

でも、三次審査《じしんさ》のあとに、『がんばりなさい。』ってエールをくれたの。

(蘭《らん》さん、あんなところでどうしたんだろう。もしかして、私《わたし》を待《ま》ってる……?)

そう思《おも》ったのは、私《わたし》を見《み》た蘭《らん》さんが、ゆっくりと近《ちか》づいてきたから!

(うわわっ。こっちに来《き》た!)

光莉《ひかり》の妹《いもうと》だって知《し》られた今《いま》、もう応援《おうえん》なんてしてもらえないかもしれない。

それどころか、厳《きび》しいことを言《い》われてしまうかも……。

とたんに怖《こわ》くなって、肩《かた》をすぼめる。

案《あん》の定《じょう》、蘭《らん》さんは私《わたし》の目《め》の前《まえ》で足《あし》を止《と》めた。

(やっぱり私《わたし》を待《ま》ってたんだ！)

サーッと血《ち》の気《け》が引《ひ》いて、思《おも》わず目《め》を伏《ふ》せると。

「そんな顔《かお》しないでよ。あんたが光莉《ひかり》の双子《ふたご》の妹《いもうと》だからって、私《わたし》は、特別《とくべつ》あつかいもいじわるもしないわ。」

「蘭《らん》さん……。」

「なんとなく光莉《ひかり》に似《に》てるのは、双子《ふたご》だったからなのね。でも、あんたは光莉《ひかり》じゃない。自分《じぶん》の歌《うた》を見《み》つけたでしょう。しょぼくれてないで堂々《どうどう》と歌《うた》いなさいよ。」

怒《おこ》ってるわけじゃなかった……。むしろ……。

蘭《らん》さんらしい、ぶっきらぼうな応援《おうえん》に胸《むね》がいっぱいになる。

「……はい！」

大《おお》きくうなずいた私《わたし》を横目《よこめ》で見《み》た蘭《らん》さんは、天井《てんじょう》を仰《あお》いでポツリとつぶやいた。

「大人《おとな》って勝手《かって》よね。」

それから、私《わたし》をまっすぐ見《み》つめる。

「負《ま》けるんじゃないわよ。ていうか、このくらいのことで自分《じぶん》らしく歌《うた》えないようじゃ、この世界《せかい》でやっていけないわよ。トップアイドルになるんでしょ？　ピンチをチャンスに変《か》えなさい。」

「ピンチをチャンスに……。」

「そうよ。あんたは今《いま》までも、そうしてきたんじゃないの？」

「えっ。」

「じゃあね。」

ヒラヒラと手《て》を振《ふ》って、蘭《らん》さんはあっというまに行《い》ってしまった。

「ありがとうございます！　がんばります！」

蘭《らん》さんからの辛口《からくち》エールがうれしくてうれしくて……。

（たしかに……。今《いま》までも、ピンチをチャンスにしてきたかもしれない……。）

チームＤ《ディー》が、いっこうにまとまらない大《だい》ピンチのときも。

蘭《らん》さんから出《だ》された課題《かだい》、『自分《じぶん》の歌《うた》』がわからなくて絶体絶命《ぜったいぜつめい》のときも。

思《おも》いがけずバズってしまったウインクも。

それよりもっと前《まえ》、光莉《ひかり》と入《い》れ替《か》わったときも、ピンチのときこそ、みんなのおかげでチャンスに変《か》えることができた気《き》がする。

（この最大《さいだい》のピンチも、チャンスに変《か》えよう！　うつむいてないで、考《かんが》えよう！）

小《ちい》さくなっていく背中《せなか》を見送《みおく》った私《わたし》は、力強《ちからづよ》い足《あし》どりで歩《ある》きだした。


控《ひか》え室《しつ》の前《まえ》で立《た》ち止《ど》まると、ドアノブに手《て》をかけて、何度《なんど》も深呼吸《しんこきゅう》をした。

（世間《せけん》のバッシングと同《おな》じで、私《わたし》が最終審査《さいしゅうしんさ》まで来《こ》られたのはコネだと思《おも》ってる人《ひと》もいるだろうな……。）

みんなの反応《はんのう》が怖《こわ》いけれど、これから大切《たいせつ》なレッスンだ。

一週間後《しゅうかんご》はいよいよ最終審査《さいしゅうしんさ》。一日《いちにち》もムダにできない。

（よし、行《い》こう！　なにを言《い》われても、私《わたし》は自分《じぶん》の課題《かだい》をがんばるのみ！）

もう一度《いちど》大《おお》きく深呼吸《しんこきゅう》してから、私《わたし》はいきおいをつけてドアを開《あ》けた。

「「日向《ひなた》！」」

みんなの視線《しせん》がグサッと刺《さ》さることを覚悟《かくご》して中《なか》に入《はい》ると、ミーナと理央《りお》と夢乃《ゆめの》が、駆《か》けつけてくれた。

「ちょっとちょっと～。いろいろびっくりしたよ！　とりあえず、元気出《げんきだ》してこ！」

「日向《ひなた》、だいじょうぶ？　なんて言《い》っていいかわからないけど……。私《わたし》たちは日向《ひなた》の味方《みかた》だよ。」

「ちゃんとここに来《き》てエライ！　雑音《ざつおん》は無視《むし》して今日《きょう》もがんばろ！」

夢乃《ゆめの》が、ミーナが、理央《りお》が、私《わたし》を囲《かこ》んで励《はげ》ましてくれた。

「みんな……。ありがとう。いろいろ起《お》こりすぎて、今日来《きょうく》るの、本当《ほんとう》は怖《こわ》かったんだ。」

ポツリとつぶやくと、理央《りお》が心配《しんぱい》そうにうなずいた。

「この前《まえ》、私《わたし》、アイドルは恋愛厳禁《れんあいげんきん》って言《い》ったけど……。光莉《ひかり》の熱愛報道《ねつあいほうどう》を受《う》けて、いろいろ考《かんが》えたんだ。誰《だれ》かを好《す》きになったり、その人《ひと》の恋人《こいびと》になりたいって願《ねが》うことは、ごく自然《しぜん》なことなんじゃないかなって。」

「理央《りお》……。」

「だから、アイドルが恋愛《れんあい》なんて！　って、思《おも》うのはやめる。恋愛《れんあい》って、自分《じぶん》の人生《じんせい》を自分《じぶん》らしく、より豊《ゆた》かに生《い》きるために大切《たいせつ》な権利《けんり》だと思《おも》うから。私《わたし》だって、いつかは恋《こい》したいしね。」

「名門校《めいもんこう》の優等生《ゆうとうせい》もこう言《い》ってるんだから、光莉《ひかり》の熱愛報道《ねつあいほうどう》のこと、気《き》にしなくていいよ！　私《わたし》はずーっと、アイドルの恋愛禁止《れんあいきんし》は時代遅《じだいおく》れだと思《おも》ってる。恋《こい》のおかげでがんばれるってことだって、たくさんあるし。光莉《ひかり》の恋《こい》の歌《うた》も演技《えんぎ》も、恋《こい》をしてるから輝《かがや》いてるんだと思《おも》うよ！」

「私《わたし》は不器用《ぶきよう》だから、恋《こい》と仕事《しごと》を両立《りょうりつ》できそうになくて、今《いま》は恋愛《れんあい》する気《き》はないけど……。両立《りょうりつ》できてる光莉《ひかり》を尊敬《そんけい》するよ。」

夢乃《ゆめの》とミーナも、笑顔《えがお》でそう言《い》ってくれた。

「……ありがとう。みんな。」

みんなのやさしさに胸《むね》がいっぱいだよ。

不安《ふあん》はたくさんあるけれど、今日《きょう》のレッスンも、最終審査《さいしゅうしんさ》も、全力《ぜんりょく》でがんばろう！

そう心《こころ》に決《き》めた、そのときだった。

「ねぇ、あんたのせいで、このオーディションにやらせ疑惑《ぎわく》が出《で》てるんだけど。」

「えっ。」

振《ふ》り返《かえ》ると、花《はな》グループの東《あずま》エマちゃんと穂乃果《ほのか》ちゃん、雪《ゆき》グループの双葉《ふたば》ちゃんと渡《わた》瀬紗里《せさり》ちゃんが、私《わたし》をにらんでいた。

「本当《ほんとう》に迷惑《めいわく》！　今《いま》すぐ辞退《じたい》してよ。」

「お姉《ねえ》さんのことも……ねぇ？　アイドルとしてどうかと思《おも》うし……。」

「番組《ばんぐみ》スタッフや壱弥様《いちやさま》にも迷惑《めいわく》かけてるって、自覚《じかく》しよ？」

口々《くちぐち》に言《い》われて、ズンと胸《むね》に刺《さ》さる。

「ちょっと！　それはないでしょ！」

「言《い》いすぎだよ。日向《ひなた》に謝《あやま》って。」

「ていうか、日向《ひなた》はなんも悪《わる》くないから！　ヒマな外野《がいや》が勝手《かって》に騒《さわ》いでるだけなのに、それに便乗《びんじょう》するのはどうかと思《おも》うけど～？」

理央《りお》とミーナと夢乃《ゆめの》が言《い》い返《かえ》してくれたけど、一触即発《いっしょくそくはつ》の雰囲気《ふんいき》になってしまった。

（私《わたし》のことはともかく、光莉《ひかり》のことを悪《わる》く言《い》われたくない……。）

でも、ここでもめて、大騒《おおさわ》ぎになったら大変《たいへん》だ。

それこそ、スタッフさんたちに迷惑《めいわく》をかけてしまうし、ミーナと理央《りお》が、グループ内《ない》でいづらくなってしまうよね。

「迷惑《めいわく》かけてごめんなさい……。」

今《いま》できることがこれしか見《み》つからなくて、私《わたし》は深々《ふかぶか》と頭《あたま》を下《さ》げた。

「日向《ひなた》……。」

「本当《ほんとう》にごめん！」

いろんな視線《しせん》にたえられなくなって、私《わたし》は控《ひか》え室《しつ》を飛《と》び出《だ》した。

「「日向《ひなた》……！」」

理央《りお》たちの声《こえ》を振《ふ》りきって、私《わたし》はテレビ局《きょく》の廊下《ろうか》を走《はし》り抜《ぬ》けた。


（どうしたらいいんだろう……。）

非常階段《ひじょうかいだん》でうずくまりながら、ひたすら考《かんが》えた。

私《わたし》が辞退《じたい》すると、月《つき》グループは最終審査《さいしゅうしんさ》に参加《さんか》できなくなってしまう。

でも、これ以上私《いじょうわたし》が参加《さんか》すると、参加者《さんかしゃ》のみんなや番組《ばんぐみ》スタッフさん、そして壱弥《いちや》にも迷惑《めいわく》をかけてしまうよね……。

（壱弥《いちや》、私《わたし》はどうしたらいい……？）

（光莉《ひかり》、諒《りょう》くん……。）

いつも、私《わたし》がみんなにどれだけ助《たす》けられていたか、思《おも》い知《し》ったよ。

じわっと涙《なみだ》がにじんだそのとき。

「日向《ひなた》、発見《はっけん》っ！」

「捕獲《ほかく》します！」

突然現《とつぜんあらわ》れた夢乃《ゆめの》と愛梨《あいり》ちゃんが、私《わたし》の両腕《りょううで》をガシッと抱《かか》えた。

「ちょ、ちょっと……。どこに行《い》くの⁉」

ふたりは無言《むごん》で、私《わたし》をズルズルと引《ひ》きずっていった。

# 08 団結《だんけつ》と決意《けつい》

連《つ》れてこられたのは、月《つき》グループの練習場所《れんしゅうばしょ》。

私《わたし》を解放《かいほう》した夢乃《ゆめの》が、フン！　と鼻《はな》を鳴《な》らす。

「このオーディション番組《ばんぐみ》は、やらせなんかじゃない！　私《わたし》たちは真剣《しんけん》にがんばってる。そうでしょ!?」

「激《はげ》しく同感《どうかん》です！」

愛梨《あいり》ちゃんが力強《ちからづよ》くうなずき、夢乃《ゆめの》がこぶしを突《つ》き上《あ》げた。

「日向《ひなた》、愛梨《あいり》！　それを証明《しょうめい》するためにも、私《わたし》たちは、絶対《ぜったい》にデビューしよう！」

「夢乃《ゆめの》……。愛梨《あいり》ちゃん……。」

愛梨《あいり》ちゃんは素《す》の省《しょう》エネモード。

負《ふ》のオーラがただよっているけれど、メラメラと闘志《とうし》もほとばしっている。

「こんな私《わたし》ですが、絶対《ぜったい》にアイドルになりたいのです！　それには理由《りゆう》があって……。自《じ》分語《ぶんがた》りで恐縮《きょうしゅく》ですが、聞《き》いてもらってもいいでしょうか？」

いつもとちがう様子《ようす》の愛梨《あいり》ちゃんに圧倒《あっとう》されながら、私《わたし》と夢乃《ゆめの》はうなずいた。

ぐっとこぶしを握《にぎ》りしめた愛梨《あいり》ちゃんは、自分《じぶん》の気持《きも》ちを確《たし》かめるように、少《すこ》しの間目《あいだめ》を閉《と》じて、深呼吸《しんこきゅう》を繰《く》り返《かえ》した。

「自分《じぶん》のこと、初《はじ》めて話《はな》します。私《わたし》、なにをやってもダメなんです。勉強《べんきょう》も運動《うんどう》もダメ。コミュ力《りょく》も低《ひく》くて空気《くうき》も読《よ》めない。集団生活《しゅうだんせいかつ》が苦手《にがて》すぎて、実《じつ》はずっと学校《がっこう》を休《やす》んでます。小学四年生《しょうがくよねんせい》からずっと登校《とうこう》してないので、不登校上級者《ふとうこうじょうきゅうしゃ》です。」

「そうだったんだね。」

「でも、愛梨《あいり》はバリバリ子役《こやく》の仕事《しごと》がんばってたし、天才子役《てんさいこやく》って評価《ひょうか》も高《たか》かったし、じゅうぶんすごいと思《おも》うよ。」

コミュ力《りょく》の塊《かたまり》みたいな夢乃《ゆめの》がそう言《い》うと、愛梨《あいり》ちゃんは小《ちい》さくうなずいた。

「なにをやってもダメで、みんなと同《おな》じことができない私《わたし》ですが……。台本《だいほん》があればその人《ひと》になりきれます。それだけが私《わたし》の特技《とくぎ》。学校《がっこう》ではその特技《とくぎ》は認《みと》められず、できないことを人並《ひとな》みにできるようにならなければ評価《ひょうか》されなかった。でも、父《ちち》と母《はは》と図書室《としょしつ》の先生《せんせい》だけは、私《わたし》の強《つよ》みを伸《の》ばそうと環境《かんきょう》を整《ととの》えてくれ、『芸能界《げいのうかい》』という世界《せかい》を教《おし》えてくれました。そのおかげで、天才子役《てんさいこやく》と評価《ひょうか》してもらえるようになって、それはそれは楽《たの》しい毎日《まいにち》で……。でも、その幸《しあわ》せは長《なが》く続《つづ》かず、最近《さいきん》はめっきり演技《えんぎ》の仕事《しごと》が減《へ》ってしまいました。自分《じぶん》の強《つよ》みを生《い》かせるこの芸能界《げいのうかい》でなら、私《わたし》は生《い》きていける気《き》がするんです。だから、私《わたし》はアイドルに……『ｋｉｒａ‐ｋｉｒａ《キラキラ》』のメンバーになって、芸能界《げいのうかい》にしがみつきたいのです。自立《じりつ》して、両親《りょうしん》を安心《あんしん》させたい……。私《わたし》は、この先《さき》の人生《じんせい》をひとりで生《い》きていくために、このオーディションにすべてをかけてるんです！」

一気《いっき》に話《はな》した愛梨《あいり》ちゃんは、口《くち》を閉《と》ざすと小《ちい》さく頭《あたま》を下《さ》げた。

「すみません。会話《かいわ》のキャッチボールも苦手《にがて》でして、話《はな》しすぎてしまうんです。ええっと、以上《いじょう》が私《わたし》のこのオーディションにかける意気《いき》ごみと、その理由《りゆう》、そして私《わたし》の説明《せつめい》です。ご清聴《せいちょう》いただきありがとうございました。」

申《もう》し訳《わけ》なさそうに肩《かた》をすくめる愛梨《あいり》ちゃんに、私《わたし》と夢乃《ゆめの》は、思《おも》わず拍手《はくしゅ》をした。

覚悟《かくご》と熱意《ねつい》に感動《かんどう》したんだ。それに……。

「愛梨《あいり》ちゃんは、なにをやってもダメって言《い》うけれど、そうやって自分《じぶん》の得手不得手《えてふえて》や意《い》気《き》ごみや、これまでの経緯《けいい》や理由《りゆう》を、言葉《ことば》で説明《せつめい》できるってすごいことだと思《おも》うよ！」

私《わたし》こそ、自分《じぶん》の気持《きも》ちを言葉《ことば》にして相手《あいて》に伝《つた》えることが苦手《にがて》。

だけど、この気持《きも》ちをなんとか愛梨《あいり》ちゃんに伝《つた》えたくて……。

愛梨《あいり》ちゃんはすごいよって伝《つた》えたくて、熱《あつ》い想《おも》いをそのまま口《くち》にした。

「……ありがとうございます、日向《ひなた》ちゃんさん。」

「ぶはっ！　『日向《ひなた》』でいいんじゃない⁉　私《わたし》のことは『夢乃《ゆめの》』って呼《よ》んで。もしくは
『夢乃《ゆめの》・超《ちょう》かわいい』にして！」

ふふっ。困《こま》った顔《かお》の愛梨《あいり》ちゃんが、「夢乃《ゆめの》・超《ちょう》かわいい……。」って練習《れんしゅう》してる。

「『夢乃《ゆめの》』でいいんだよ。私《わたし》も、愛梨《あいり》って呼《よ》ばせてもらうね。」

私《わたし》がそう言《い》うと、愛梨《あいり》は少《すこ》し照《て》れながら、「はい！　日向《ひなた》！」って言《い》ってくれた。

「じゃ、愛梨《あいり》のこといろいろ教《おし》えてもらったから私《わたし》も。月《つき》グループ結成《けっせい》から一週間《しゅうかん》以上《いじょう》
経《た》っていますが、ここで自己紹介《じこしょうかい》させてもらいます！　私《わたし》は夢乃《ゆめの》。本名《ほんみょう》は山田《やまだ》ふみ子《こ》！」

「「えっ⁉」」

私《わたし》と愛梨《あいり》が目《め》を丸《まる》くすると、夢乃《ゆめの》はむぅと口《くち》をとがらせた。

「ちょっと〜。勇気《ゆうき》出《だ》して初《はじ》めて本名《ほんみょう》を明《あ》かしたんだから、スルーしてよ。ビビリで自信《じしん》がないくせにかっこつけちゃう山田《やまだ》ふみ子《こ》じゃなくて、キラッキラの超《ちょう》かわいい『夢《ゆめ》乃《の》』って芸名《げいめい》で生《い》きていくんだから。ちなみに、私《わたし》の笑顔《えがお》はこの角度《かくど》が一番《いちばん》かわいいので、カメラに向《む》かって決《き》めポーズしてるときに前《まえ》を横切《よこぎ》ったら、あとで暴《あば》れるのでよろしくでーす！」

パチンと決《き》めポーズを披露《ひろう》したふみ子《こ》……じゃなくて夢乃《ゆめの》に、私《わたし》と愛梨《あいり》は笑顔《えがお》でパチパチと拍手《はくしゅ》を送《おく》った。

夢乃《ゆめの》はいつも、みんなを笑顔《えがお》にしてくれるすごい子《こ》だって、あらためて思《おも》う。

「はい、次《つぎ》は日向《ひなた》！」

「ええっと。相沢日向《あいざわひなた》です。本名《ほんみょう》です。えーっと。アイドルの姉《あね》にあこがれて、思《おも》いきってオーディションに飛《と》びこみました。……歌《うた》が好《す》きです。ダンスはそんなに得意《とくい》じゃないですが、チームD《ディー》のみんなとおどったダンスがすごく楽《たの》しくて感動《かんどう》したので、『kira《キラ》－kira《キラ》』のメンバーになって、みんなといっしょにキラキラ輝《かがや》くアイドルになりたいです！」

自己紹介《じこしょうかい》って苦手《にがて》だけど、心《こころ》を開《ひら》いて自分《じぶん》のことをいろいろ教《おし》えてくれた愛梨《あいり》と夢乃《ゆめの》には、不思議《ふしぎ》と想《おも》いを言《い》えたよ。

「よし！　その意気《いき》だよ、日向《ひなた》。このオーディションはやらせなんかじゃない。私《わたし》たちはひとりひとり、アイドルになりたい大事《だいじ》な理由《りゆう》があって、真剣《しんけん》に臨《のぞ》んでるんだよ。」

「そうですね。日向《ひなた》と双子《ふたご》のお姉《ねえ》さんは別《べつ》の人間《にんげん》で、それぞれ別《べつ》の人生《じんせい》を生《い》きています。お姉《ねえ》さんが誰《だれ》だろうと、どれだけすばらしかろうと、日向《ひなた》が比《くら》べられたり騒《さわ》がれたりするのはおかしいです。無視《むし》しましょう。ぜーんぶ無視《むし》です！」

「……ありがとう、夢乃《ゆめの》、愛梨《あいり》。私《わたし》、全力《ぜんりょく》でがんばるよ！」

笑顔《えがお》でうなずいた夢乃《ゆめの》が、愛梨《あいり》に視線《しせん》を向《む》けた。

「愛梨《あいり》も。さっきひとりで生《い》きていくって言《い》ってたけど、愛梨《あいり》はひとりじゃないよ。」

「そうだね。いっしょに最終審査《さいしゅうしんさ》を突破《とっぱ》して、『ｋｉｒａ《キラ》－ｋｉｒａ《キラ》』になって……。いっしょに芸能界《げいのうかい》で生《い》きていこうよ！」

夢乃《ゆめの》と私《わたし》が差《さ》し出《だ》した手《て》に、愛梨《あいり》の手《て》が重《かさ》なる。

その瞬間《しゅんかん》、愛梨《あいり》のお仕事《しごと》スイッチが入《はい》ったみたい。

「夢乃《ゆめの》、日向《ひなた》！　ありがとう。私《わたし》、がんばる♡」

天使《てんし》のようなキラッキラの笑顔《えがお》で、愛梨《あいり》がウインクをした。

「ていうか、アイドルモードの愛梨《あいり》、やっぱり私《わたし》とキャラがかぶってるんだよね……。しゃーない。よし、今日《きょう》もダンスと歌《うた》のレッスンがんばろう！」

「「おーーー！！！」」

そのあと、私《わたし》たちは全力《ぜんりょく》でレッスンをがんばった。

団結力《だんけつりょく》ときずなが、ぐんと強《つよ》まった月《つき》グループは、歌《うた》とダンスにまとまりが出《で》てきたんだ。

（もう、オーディションを辞退《じたい》しようなんて思《おも》わない！）

この先《さき》、どんなことが起《お》きても、夢乃《ゆめの》と愛梨《あいり》といっしょに、最終審査《さいしゅうしんさ》で戦《たたか》おう。

そう決意《けつい》を新《あら》たにした。

# 09 学校《がっこう》は大混乱《だいこんらん》

翌日《よくじつ》の月曜日《げつようび》。

私《わたし》と光莉《ひかり》が双子《ふたご》の姉妹《しまい》だと報道《ほうどう》されてから、初《はじ》めて登校《とうこう》する。

お母《かあ》さんは、心配《しんぱい》そうな顔《かお》で朝《あさ》ご飯《はん》をテーブルに置《お》いた。

「日向《ひなた》、ムリして学校《がっこう》に行《い》かなくてもいいのよ？　特《とく》に今日《きょう》は……。」

「ありがとう、お母《かあ》さん。でも、行《い》くよ。」

学校《がっこう》のみんなの反応《はんのう》がとっても怖《こわ》いけれど、自分《じぶん》の口《くち》から、奈子《なこ》やクラスのみんなに説《せつ》明《めい》したいって思《おも》ったんだ。

まっすぐにその気持《きも》ちを伝《つた》えると、お母《かあ》さんはやさしくほほ笑《え》んだ。

「日向《ひなた》、変《か》わったわね。」

「そうかな？」

「そうよ。日向《ひなた》にも、大切《たいせつ》なものができたのね。」

「大切《たいせつ》なもの……？」

ふと、ステージでキラキラ輝《かがや》く、天使《てんし》のような笑顔《えがお》の光莉《ひかり》が思《おも》い浮《う》かんだ。

光莉《ひかり》が熱《あつ》い眼差《まなざ》しで見《み》つめている、諒《りょう》くんの姿《すがた》も。

それから、王子様《おうじさま》のようなほほ笑《え》みを浮《う》かべた壱弥《いちや》と、意地悪《いじわる》だけどやさしくて、とびきり甘《あま》い、私《わたし》だけが知《し》ってる壱弥《いちや》の笑顔《えがお》。

あーちゃんに、陸《りく》に、奈子《なこ》。理央《りお》、ミーナ、萌花《もか》。夢乃《ゆめの》と愛梨《あいり》。

絶対《ぜったい》に歌《うた》いたい、壱弥《いちや》が作曲《さっきょく》した『ｋｉｒａ《キラ》－ｋｉｒａ《キラ》』のデビュー曲《きょく》。

大切《たいせつ》なものが、次々《つぎつぎ》に浮《う》かんできた。

「うん！　大切《たいせつ》なもの、たくさん見《み》つけたよ。」

お母《かあ》さんは、うれしそうにうなずいて、まぶしいものを見《み》るように目《め》を細《ほそ》めた。

「わかったわ。なにかあったら連絡《れんらく》するのよ。すぐ迎《むか》えに行《い》くから。」

そう言《い》って、車《くるま》で旭ケ丘中《あさひがおかちゅう》に送《おく》ってくれた。

学校近《がっこうちか》くの道《みち》で車《くるま》を降《お》り、ドキドキしながら教室《きょうしつ》をのぞく。

「奈子《なこ》、だいじょうぶ？」「元気出《げんきだ》して〜。」「どうしよう。ちがう世界《せかい》に行《い》っちゃってる……。」

取《と》り巻《ま》きのみんなに心配《しんぱい》されながら、奈子《なこ》は椅子《いす》に座《すわ》ってフリーズしていた。

「光莉《ひかり》と諒《りょう》が熱愛《ねつあい》……ふたりはカレカノ……。推《お》しの光莉《ひかり》は、日向《ひなた》の双子《ふたご》のお姉《ねえ》さん……。日向《ひなた》は私《わたし》の友《とも》だち。私《わたし》の友《とも》だちの日向《ひなた》は光莉《ひかり》の双子《ふたご》の妹《いもうと》。光莉《ひかり》の妹《いもうと》の日向《ひなた》の友《とも》だちの私《わたし》は、光莉《ひかり》の友《とも》だち……。推《お》しが私《わたし》の友《とも》だち……。私《わたし》はアイドル……。」

「ちょっと待《ま》って！　途中《とちゅう》からなんかおかしくなってた！　次元《じげん》がゆがんでた！」

混乱中《こんらんちゅう》の奈子《なこ》がぶつぶつつぶやき、あーちゃんが華麗《かれい》なツッコミを入《い》れてる。

こんな状態《じょうたい》の奈子《なこ》、初《はじ》めて見《み》るよ。

（地味《じみ》な私《わたし》と光莉《ひかり》が双子《ふたご》ってことが、相当《そうとう》ショックなんだろうな……。）

こういう反応《はんのう》が怖《こわ》かったし、光莉《ひかり》に申《もう》し訳《わけ》ないから、双子《ふたご》だってことを隠《かく》していたのに。

（教室《きょうしつ》に入《はい》っていいのかな……。もっと混乱《こんらん》させちゃうかな……。）

オロオロしていたら、後《うし》ろからポン！　と肩《かた》をたたかれた。うわっ！

「こんなところでなにしてるの？　日向《ひなた》。」

「陸《りく》……！」

驚《おどろ》いて肩《かた》をふるわせた私《わたし》に、陸《りく》はにっこりと天使《てんし》のようにほほ笑《え》んだ。

「だいじょうぶだよ、俺《おれ》がついてるから。なんたって俺《おれ》は、光莉《ひかり》と日向《ひなた》の幼《おさな》なじみだからね。」

「……ありがとう。」

「行《い》こ？」

明《あか》るくウインクをすると、私《わたし》の手《て》を引《ひ》いて教室《きょうしつ》に入《はい》った。

「日向《ひなた》!!」

すぐに、あーちゃんが心配《しんぱい》そうな顔《かお》で駆《か》け寄《よ》ってきた。

「あーちゃん……。」

困《こま》ったな。

笑顔《えがお》で「おはよう。」を言《い》いたいのに、あーちゃんの顔《かお》を見《み》たら涙《なみだ》がにじんできちゃった。

あーちゃんの目《め》も、今《いま》にも涙《なみだ》がこぼれ落《お》ちそうにうるんでる。

それをこらえるようにぐっとくちびるを結《むす》んで、ひまわりのような笑顔《えがお》を向《む》けてくれた。

「日向《ひなた》、昨日《きのう》の放送《ほうそう》、見《み》たよ！　歌唱審査《かしょうしんさ》、すっごく感動《かんどう》した！　三次審査《じしんさ》突破《とっぱ》おめでとう！　すごいよ！」

「あーちゃん……。」

(励《はげ》ましてくれてありがとう。でも、教室《きょうしつ》のみんなは、そうは思《おも》ってないよね。)

よろこんじゃいけないような気《き》がして、「ありがとう。」が言《い》えない。

だって、世間《せけん》の反応《はんのう》は、とても辛辣《しんらつ》だから……。

昨日《きのう》の夜《よる》、五回目《かいめ》のテレビ放送《ほうそう》で三次審査《じしんさ》の様子《ようす》が放送《ほうそう》されたんだ。

話題《わだい》になってる私《わたし》を見《み》ようと、視聴率《しちょうりつ》は爆上《ばくあ》がりだったみたい。

だけど……。

私《わたし》が三次審査《じしんさ》を突破《とっぱ》して、最終審査《さいしゅうしんさ》に進《すす》むとわかると、SNS《エスエヌエス》はさらに炎上《えんじょう》。

番組終了後《ばんぐみしゅうりょうご》には、いろんな意見《いけん》が次々《つぎつぎ》と書《か》きこまれた。

【光莉《ひかり》のコネで三次審査突破《じしんさとっぱ》したに決《き》まってる】【ズルいよね】【このオーディション、どうせ光莉《ひかり》の妹《いもうと》がコネ合格《ごうかく》なんだろ】【出来《でき》レースだ。つまんね】【やっぱりやらせじゃん！】【ふたりは事務所《じむしょ》がちがうから、コネなんてあるわけない】【日向《ひなた》の実力《じつりょく》だと思《おも》う】【光莉《ひかり》より歌《うた》うまくない？】【日向《ひなた》、推《お》せるわ】【カレシがいる光莉《ひかり》はもういいや。今日《きょう》から日向《ひなた》を推《お》すことにする】

昨夜《ゆうべ》から、匿名《とくめい》で書《か》きこまれる言葉《ことば》がグサグサと胸《むね》に刺《さ》さってる。
好意的《こういてき》な書《か》きこみもあるのに、誹謗中傷《ひぼうちゅうしょう》ばかりが心《こころ》の底《そこ》にたまっていく。
美鈴《みすず》さんから、SNS《エスエヌエス》は見《み》ないほうがいいって言《い》われてるし、私《わたし》もそう思《おも》う。
でも、光莉《ひかり》への誹謗中傷《ひぼうちゅうしょう》が書《か》きこまれていないか、心配《しんぱい》でチェックしてしまうの。
案《あん》の定《じょう》、心《こころ》ないコメントを見《み》つけては、苦《くる》しくなる。
（光莉《ひかり》がこれを見《み》たら、自分《じぶん》を責《せ》めて傷《きず》ついてしまうよ……。）
せっかくあーちゃんがほめてくれたのに、なにも言《い》えなくて。
うつむいてしまった私《わたし》の手《て》を、あーちゃんがぎゅっと握《にぎ》った。
「日向《ひなた》の歌《うた》、すっごくよかったよ！」

「……っ。」

あーちゃんの目《め》は、キラキラ輝《かがや》いてる。

(私《わたし》を励《はげ》ますために社交辞令《しゃこうじれい》で言《い》ってるわけじゃないみたい……。)

「俺《おれ》、日向《ひなた》の歌《うた》に引《ひ》きこまれたよ。」

「陸《りく》……。」

ふと気《き》がついたら、クラスのみんなが私《わたし》の周《まわ》りに集《あつ》まっていて。

なにを言《い》われるんだろうって、怖《こわ》くて首《くび》をすくめてしまった。

「私《わたし》も、昨日《きのう》の放送《ほうそう》見《み》たよ。相沢《あいざわ》さんの歌《うた》、一番感動《いちばんかんどう》した！」

「……っ。」

思《おも》いがけない言葉《ことば》に顔《かお》を上《あ》げると、クラスのみんなが笑顔《えがお》で私《わたし》を見《み》ていたんだ！

「あれ、よなひなチャンネルの歌《うた》だよね？」

「あの曲《きょく》、大好《だいす》きだったんだ〜。久《ひさ》しぶりに聴《き》けてうれしかったよ！」

「うんうん。ひなが歌《うた》ってるみたいだった。」

「ひなより上手《じょうず》だったって！」

「相沢《あいざわ》さんが光莉《ひかり》の双子《ふたご》の妹《いもうと》だって報道《ほうどう》、すっごくびっくりしたけど、別《べつ》に悪《わる》いことしたわけじゃないのにね。」

「ていうか、大人《おとな》の事情《じじょう》に巻《ま》きこまれた感《かん》じじゃね？」

「ほんとそれ。最終審査前《さいしゅうしんさまえ》の大事《だいじ》なときなのに、邪魔《じゃま》するなっつーの。」

「相沢《あいざわ》さんに迷惑《めいわく》かけないでほしいよ！　私《わたし》、オーディション番組《ばんぐみ》の初回《しょかい》から、ずっと応《おう》援《えん》してるんだから！」

「俺《おれ》だってそうだよ。」

わぁ……。今《いま》まであまり話《はな》したことがない人《ひと》も、応援《おうえん》してくれていたなんて！

世間《せけん》を騒《さわ》がせて、バッシングされてる私《わたし》のこと、今《いま》も応援《おうえん》してくれてるなんて……！

「みんな……。ありがとう……！」

じわっと涙《なみだ》ぐんだ私《わたし》の肩《かた》を、陸《りく》がやさしくポンポンしてくれる。

「アンチコメントばかり目《め》に入《はい》ってきちゃうだろうけど、日向《ひなた》の実力《じつりょく》を称賛《しょうさん》するコメントとか、応援《おうえん》コメントもちゃんとあるんだよ。」

「そうだよ！　見《み》て、日向《ひなた》！」

あーちゃんが見《み》せてくれたスマホの画面《がめん》には、SNS《エスエヌエス》のスクショ。

**【さすが光莉《ひかり》の双子《ふたご》の妹《いもうと》。オーラあるね】【双子《ふたご》ユニット組《く》んでほしい。絶対推《ぜったいお》す！】【よなひなの『恋《こい》のうた』すごく感動《かんどう》した！】【光莉《ひかり》と双子《ふたご》ユニットが見《み》たい！】【それな！　絶対箱推《ぜったいはこお》しする！】【日向《ひなた》の歌唱力《かしょうりょく》と表現力《ひょうげんりょく》の高《たか》さに感動《かんどう》した！】【日向《ひなた》、負《ま》けるな！　がんばれ！　全力《ぜんりょく》で応援《おうえん》してるよ！　萌花《もか》】**

最後《さいご》のスクショに、目《め》を奪《うば》われた。これって……。

（間違《まちが》いない。本物《ほんもの》の萌花《もか》だ！　アイコンが、二次審査前《じしんさまえ》にみんなで行《い》ったファミレスのパフェだから……！）

ぶわっと胸《むね》がふるえて、こらえきれずに涙《なみだ》があふれてしまう。

陸《りく》が、ハンカチを差《さ》し出《だ》しながらほほ笑《え》んだ。

「SNS《エスエヌエス》に書《か》きこまれたことって、日本中《にほんじゅう》の全員《ぜんいん》の意見《いけん》に感《かん》じちゃうけど、SNS《エスエヌエス》って実《じつ》はすっごく狭《せま》い世界《せかい》なんだよ。全員《ぜんいん》がやってるわけじゃない。だから、見《み》るのはいいけど、心《こころ》に入《い》れるのは俺《おれ》たちのリアルな声《こえ》と、応援《おうえん》コメントだけにしておいてよ。」

「……うん！　みんな、本当《ほんとう》にありがとう。がんばるよ！」

アンチコメントやバッシングには、どうしたって落《お》ちこんでしまうけれど……。

みんなのおかげで、傷《きず》ついてる時間《じかん》がもったいないって思《おも》えたよ。

(こんなに応援《おうえん》してくれる人《ひと》がいるってこと、光莉《ひかり》にも伝《つた》えよう!)

そのとき――……。前向《まえむ》きになった私《わたし》の視界《しかい》に、ゆらりと人影《ひとかげ》が入《はい》ってきた。

「そうよね……。匿名《とくめい》で好《す》き勝手《かって》言《い》いたい放題《ほうだい》の無責任《むせきにん》なSNS《エスエヌエス》に、振《ふ》り回《まわ》される必要《ひつよう》なんてないんだわ……! 私《わたし》は、事実《じじつ》だけを受《う》け止《と》めるわよ!」

いきおいよく立《た》ち上《あ》がったのは、奈子《なこ》!

どうやら正気《しょうき》を取《と》り戻《もど》したみたい。

「オーディションがやらせ? 出来《でき》レース? 笑《わら》わせるんじゃないわよ! それが事実《じじつ》なら、私《わたし》は今《いま》ごろ最終審査《さいしゅうしんさ》にのぞんでるわ。課金《かきん》しまくり&《アンド》パパのコネを使《つか》いまくって合格《ごうかく》させてもらえていたはず! それが通用《つうよう》しなかったってことは、あの番組《ばんぐみ》はやらせなんかじゃない。テレビにうつる挙動不審《きょどうふしん》な日向《ひなた》も、ダンスも歌《うた》も、審査《しんさ》に通過《つうか》して仲間《なかま》と流《なが》した涙《なみだ》も、演技《えんぎ》なわけないじゃない!」

ハァハァと息巻《いきま》いてる奈子《なこ》の言葉《ことば》に、みんなポカンとしていたけれど。

次《つぎ》の瞬間《しゅんかん》、クラス中《じゅう》がわあっとわいて、拍手《はくしゅ》が鳴《な》り響《ひび》いた。

「そうだそうだー！『挙動不審《きょどうふしん》』は余計《よけい》だけど、たまにはいいこと言《い》うじゃない！」

「亜澄《あすみ》、『たまには』は余計《よけい》よ。……光莉《ひかり》と諒《りょう》の熱愛《ねつあい》だって、バッシングしてる人《ひと》もいるけど、私《わたし》はそうは思《おも》わない。光莉《ひかり》だって人間《にんげん》よ。恋《こい》くらいするわよ！むしろ私《わたし》は壱弥《いちゃ》と恋《こい》がしたくて、オーディションに応募《おうぼ》したわよ————！！！」

「応募《おうぼ》の動機《どうき》が不純《ふじゅん》すぎるでしょ！わからなくもないけど！むしろわかるけど！」

あーちゃんと奈子《なこ》のやりとりがいつもどおりすぎて、奈子《なこ》の言葉《ことば》がうれしくて、胸《むね》がいっぱいだよ。

奈子《なこ》は、まじめな顔《かお》で私《わたし》の前《まえ》に立《た》った。

「いつもキラキラ輝《かがや》いてる推《お》しがつらいとき、誰《だれ》が推《お》しを笑顔《えがお》にしてあげられるの？光《ひか》莉《り》をいつも笑顔《えがお》にしてくれているのが諒《りょう》なら、むしろ大感謝《だいかんしゃ》だわよ！私《わたし》が笑顔《えがお》にしてあげられたらいいけど、私《わたし》はファンのひとりだってことくらいわかってる。だから、私《わたし》は私《わたし》ができることで推《お》しを笑顔《えがお》にするのよ！私《わたし》は、これからも全力《ぜんりょく》で光莉《ひかり》を応援《おうえん》するわ！

……お姉様《ねえさま》に伝《つた》えといて。」

涙《なみだ》を浮《う》かべながら言《い》い放《はな》った奈子《なこ》の言葉《ことば》に、私《わたし》も、クラスのみんなもハッとした。

あーちゃんも陸《りく》も、大《おお》きくうなずいてる。

そうだ。奈子《なこ》は、ずっとずっと、まっすぐに光莉《ひかり》を応援《おうえん》してくれてる。

どんなときだって光莉《ひかり》を信《しん》じて、「大好《だいす》き。」って言《い》ってくれるんだ。

(ねぇ光莉《ひかり》……。どんな光莉《ひかり》も応援《おうえん》してくれる人《ひと》、ここにたくさんいるよ!)

うれしくて、心強《こころづよ》くて、救《すく》われるよ。

熱《あつ》い気持《きも》ちをしっかり受《う》け取《と》った私《わたし》は、笑顔《えがお》で大《おお》きくうなずいた。

「ありがとう、奈子《なこ》。光莉《ひかり》に伝《つた》えるよ!」

奈子《なこ》は涙《なみだ》をぬぐうと、キッと私《わたし》を見据《みす》えた。

「あんたのことだって……。日向《ひなた》のことだって、応援《おうえん》してるんだから。」

「えっ。」

「本当《ほんとう》よ。私《わたし》が口《くち》だけじゃないところを、見《み》せてあげる。」

「なになに?　なんなの?」

わくわくしてるあーちゃんをチラリと見《み》て、奈子《なこ》が「おーほっほっほ!」と高笑《たかわら》いをした。

「この、スーパー美少女《びしょうじょ》お嬢様《じょうさま》、金満奈子様《かねみつなこさま》の出番《でばん》が来《き》たようね――――！」

ビシッとポーズを決《き》めた奈子《なこ》に、あーちゃんがジトッとした目《め》を向《む》ける。

「前半《ぜんはん》スルーしてごめんだけど、出番《でばん》ってどういうこと？」

「日向《ひなた》はマスコミに追《お》われて、なかなか外出《がいしゅつ》できないんでしょ？　前《まえ》に約束《やくそく》したとおり、私《わたし》が協力《きょうりょく》してあげる！」

「そういえば言《い》ってたね。スタジオやプロの指導《しどう》が必要《ひつよう》だったら、いつでも言《い》ってちょうだい！　って。」

「あ……！」

たしかに、言《い》ってくれていた。

オーディション番組《ばんぐみ》の一回目《かいめ》が放送《ほうそう》されて、私《わたし》が一次審査《じしんさ》に通過《つうか》したって知《し》ったときに。

「私《わたし》にまかせなさい！　最終審査《さいしゅうしんさ》で最高《さいこう》のパフォーマンスができるように、この奈子様《なこさま》が全力《ぜんりょく》で協力《きょうりょく》するわ！」

「ありがとう！」

その日《ひ》から、私《わたし》が全力《ぜんりょく》で練習《れんしゅう》できるように、レッスンスタジオを準備《じゅんび》してくれた。

さらに、記者《きしゃ》に追《お》いかけられないようにって、奈子《なこ》の家《いえ》の運転手《うんてんしゅ》つきの高級車《こうきゅうしゃ》で、私《わたし》を送迎《そうげい》してくれた。

学校《がっこう》では、陸《りく》とあーちゃん、奈子《なこ》を中心《ちゅうしん》に、クラスメイトのみんなも、私《わたし》がイヤな思《おも》いをしないように守《まも》ってくれた。

最終審査《さいしゅうしんさ》までの一週間《しゅうかん》、みんなのおかげで、心《こころ》折《お》れることなく過《す》ごすことができて、しっかり練習《れんしゅう》ができたんだ。

# 10　閉《と》ざされたドア

ついに最終審査《さいしゅうしんさ》の日《ひ》がやってきた。

衣装《いしょう》をていねいにたたんでバッグに入《い》れる。

それから、鏡《かがみ》の前《まえ》に立《た》って、メイクと髪型《かみがた》の最終《さいしゅう》チェック。

前《まえ》に、光莉《ひかり》からもらった、キラキラリップを仕上《しあ》げに塗《ぬ》った。

光莉《ひかり》がCM《シーエム》をしてるこの色《いろ》つきリップは、とってもかわいくて、あこがれだった。

でも、私《わたし》には似合《にあ》うはずがないって、自分《じぶん》では一度《いちど》も塗《ぬ》ったことがなかったんだ。

光莉《ひかり》の学校《がっこう》でシンデレラ役《やく》を演《えん》じたときに、光莉《ひかり》が塗《ぬ》ってくれたけれど、入《い》れ替《か》わった光莉《ひかり》の姿《すがた》だったしね。

日向《ひなた》の姿《すがた》で塗《ぬ》ってみて、「ほら、やっぱり似合《にあ》わない。」ってショックを受《う》けたくなくて、かたくなに塗《ぬ》るのを拒《こば》んでいたんだ。だけど……。

（だいじょうぶ。ちゃんと私《わたし》にも似合《にあ》ってるよ！）

そう思《おも》えた私《わたし》は、少《すこ》しは変《か》われたかな。
なりたい自分《じぶん》に近《ちか》づけた気《き》がして、鏡《かがみ》に向《む》かってにっこりとほほ笑《え》んだ。
この二週間《しゅうかん》、月《つき》グループ三人《にん》で歌《うた》もダンスもできることはすべてやった。
あとは本番《ほんばん》で全力《ぜんりょく》をつくすだけ。
「よし、行《い》こう！」
気合《きあい》を入《い》れて部屋《へや》を出《で》た私《わたし》は、玄関《げんかん》に向《む》かう前《まえ》に、光莉《ひかり》の部屋《へや》の前《まえ》で足《あし》を止《と》めた。
このドアは、もうずっと閉《と》ざされたまま。
お母《かあ》さんがドアの横《よこ》に置《お》いた朝《あさ》ご飯《はん》も、少《すこ》ししか食《た》べてない。
ドアにそっと触《ふ》れて、トントンとノックする。
「…………」
今日《きょう》も返事《へんじ》はない。
私《わたし》たちが双子《ふたご》だと世間《せけん》にバレたことを、光莉《ひかり》は知《し》ってしまったみたい。
それから、光莉《ひかり》はもっとふさぎこんでしまって……。
美鈴《みすず》さんや、悠雅《ゆうが》さん、蘭《らん》さん、オーディションで出会《であ》った仲間《なかま》の理央《りお》やミーナや夢乃《ゆめの》

や愛梨《あいり》。学校《がっこう》でも、あーちゃんや陸《りく》、奈子《なこ》から、たくさんのエールをもらったよ！っ

て、部屋《へや》のドア越《ご》しに毎日話《まいにちはな》しかけた。でも、ドアは閉《と》ざされたまま……。

光莉《ひかり》は、私《わたし》にも迷惑《めいわく》をかけてしまったって自分《じぶん》を責《せ》めて、部屋《へや》に閉《と》じこもっている。

（こんな光莉《ひかり》は初《はじ》めてで、胸《むね》が苦《くる》しくなるよ。）

ドアの前《まえ》ですっと息《いき》を吸《す》う。

「行《い》ってくるね。光莉《ひかり》からもらった、キラキラリップをつけてがんばるよ。」

やっぱり、光莉《ひかり》の声《こえ》は少《すこ》しも聞《き》こえない……。

『いいんだよ～なに言《い》われても。私《わたし》ね、**昨日《きのう》の自分《じぶん》よりいい仕事《しごと》ができたら、自分《じぶん》に花丸《はなまる》あげてるんだ～。**』

前《まえ》に聞《き》いたその言葉《ことば》が、どれだけすごいことか。光莉《ひかり》が、どれだけ強《つよ》いか。

光莉《ひかり》にとって、お仕事《しごと》が……『アイドル』が、どれだけ大切《たいせつ》で大好《だいす》きか。

（今《いま》ならよくわかる。だから、このままじゃ絶対《ぜったい》にダメだ。）

いつも、何度《なんど》も、光莉《ひかり》に助《たす》けてもらった。

（今度《こんど》は私《わたし》が助《たす》けたい！）

私《わたし》には、最終審査《さいしゅうしんさ》をがんばることしかできないけど……。

私《わたし》ができること、目《め》の前《まえ》のやるべきことを、せいいっぱいやるしかないよね。

「最終審査《さいしゅうしんさ》、がんばってくるよ！　いつか、トップアイドル光莉《ひかり》のとなりに立《た》ちたいから。最初《さいしょ》の一歩《いっぽ》、勝《か》ち取《と》りたいんだ！」

「………」

あまりの静《しず》けさに、私《わたし》は肩《かた》を落《お》とした。どうしたら、光莉《ひかり》を元気《げんき》づけられるだろう。

『いつもキラキラ輝《かがや》いてる推《お》しがつらいとき、誰《だれ》が推《お》しを笑顔《えがお》にしてあげられるの？』

奈子《なこ》の言葉《ことば》を思《おも》い出《だ》す。

(私《わたし》も、光莉《ひかり》を笑顔《えがお》にしたい……！　光莉《ひかり》のファンだってそう思《おも》ってるはず。)

この気持《きも》ち、光莉《ひかり》に届《とど》けたい。どうにかして届《とど》けたいよ！

ぎゅっとこぶしを握《にぎ》りしめて、大《おお》きく息《いき》を吸《す》いこむ。

「光莉《ひかり》！　生放送《なまほうそう》、絶対絶対《ぜったいぜったい》見《み》てね！　私《わたし》、自分《じぶん》に花丸《はなまる》あげられるようにがんばるから！

行《い》ってきます！」

閉《と》ざされたドアに力《ちから》いっぱい叫《さけ》んで、私《わたし》は玄関《げんかん》を飛《と》び出《だ》した。

# 11 壱弥《いちや》からのメッセージ

テレビ局《きょく》の前《まえ》でタクシーを降《お》りた私《わたし》は、注意深《ちゅういぶか》くあたりを見回《みまわ》した。
(よかった。記者《きしゃ》やカメラマンはいない。)
ふーっと息《いき》をついて、足早《あしばや》に歩《ある》く。
一か月以上通《げついじょうかよ》ったこのテレビ局《きょく》も、今日《きょう》で終《お》わりなんだな……。
(ううん。次《つぎ》はお仕事《しごと》で来《こ》られるよ!)
ｋｉｒａ《キラ》－ｋｉｒａ《キラ》として、またここに来《く》るイメージを頭《あたま》にたたきこんでいると。
ふいに、おばあさんが近《ちか》づいてきた。
「あの……。お嬢《じょう》さん、道《みち》を教《おし》えてくれませんか?」
「あ、はい。」
あれ? このおばあさん、どこかで会《あ》ったことがあるような……。
(ええっと……。あっ! もしかして、千代《ちよ》さん!?)

よく見《み》たら、壱弥《いちや》のスタジオでお世話《せわ》になった、家政婦《かせいふ》さんの千代《ちよ》さんだった。

(ちょっと変装《へんそう》してるってことは、なにかワケありなのかな?)

不思議《ふしぎ》に思《おも》っていると、千代《ちよ》さんはいたずらっぽくほほ笑《え》んで、さりげなく口元《くちもと》に人差《ひとさ》し指《ゆび》を持《も》っていった。

やっぱり、ワケありみたい!

「行《い》きたい場所《ばしょ》は、ここなんですよ。」

千代《ちよ》さんはメモ用紙《ようし》を広《ひろ》げながら、私《わたし》に顔《かお》を寄《よ》せた。

「ぼっちゃんから、これをあずかってきました。どうしても、日向《ひなた》さんに渡《わた》してほしいと。」

こそっと耳打《みみう》ちした千代《ちよ》さんが、さりげなく封筒《ふうとう》を差《さ》し出《だ》した。

それを受《う》け取《と》り、すぐにバッグに隠《かく》す。

「最終審査《さいしゅうしんさ》、テレビの前《まえ》で応援《おうえん》してますよ。オーディションが終《お》わったら、またスタジオにいらっしゃい。日向《ひなた》さんの部屋《へや》は、そのままになってます。また、ぼっちゃんとご飯《はん》を食《た》べてあげてくださいな。」

「はい！　ありがとうございます、千代《ちよ》さん。」

千代《ちよ》さんと別《わか》れ、私《わたし》はテレビ局《きょく》に向《む》かった。

集合時間《しゅうごうじかん》までは、まだじゅうぶん時間《じかん》がある。

控《ひか》え室《しつ》に行《い》く前《まえ》に、トイレの個室《こしつ》に駆《か》けこんで、鍵《かぎ》をかけた。

バッグから取《と》り出《だ》した封筒《ふうとう》には、差出人名《さしだしにんめい》がない。

でも、間違《まちが》いなく壱弥《いちや》の字《じ》で「日向《ひなた》へ」と書《か》かれている。

(壱弥《いちや》からの手紙《てがみ》だ！　初《はじ》めてもらった手紙《てがみ》……！)

いろんな想《おも》いがいっぺんにふき出《だ》して、思《おも》わず封筒《ふうとう》をぎゅっと抱《だ》きしめた。

壱弥《いちや》のスタジオで、光莉《ひかり》と諒《りょう》くんの熱愛報道《ねつあいほうどう》のことを伝《つた》えてくれたあの日《ひ》から、一度《いちど》も会《あ》えていないし、連絡《れんらく》も取《と》っていない。悠雅《ゆうが》さんが言《い》いかけた言葉《ことば》も気《き》になる。

オーディションの最終審査《さいしゅうしんさ》の当日《とうじつ》に、千代《ちよ》さんに頼《たの》んでまで渡《わた》してくれたこの手紙《てがみ》。

(なにが書《か》かれてるんだろう。)

まったく見当《けんとう》がつかなくて、ちょっと怖《こわ》いけど……。

（このタイミングで渡《わた》されたということは、審査前《しんさまえ》に読《よ》んだほうがいいってことだよね。）
意《い》を決《けっ》して、封筒《ふうとう》から手紙《てがみ》を取《と》り出《だ》し、そーっと開《ひら》いた。

日向《ひなた》へ

緊急事態《きんきゅうじたい》に、駆《か》けつけられなくてごめん。
俺《おれ》は今《いま》、事務所《じむしょ》の意向《いこう》で、スマホと行動《こうどう》を24時間監視《じかんかんし》されている。
オーディションが終《お》わるまでは自由《じゆう》がない。
つらいときになにもできなくて本当《ほんとう》にごめん。
最終審査《さいしゅうしんさ》は、なにも気《き》にせず全力《ぜんりょく》で挑《いど》め。
全力《ぜんりょく》で楽《たの》しんで、『kira《キラ》-kira《キラ》』をつかみ取《と》れ！　応援《おうえん》してる。

そこまで読《よ》んで、私《わたし》は思《おも》わず天井《てんじょう》を仰《あお》いだ。

（涙《なみだ》が便《びん》せんに落《お》ちちゃう……。）

思《おも》いがけない壱弥《いちや》からのエールに、胸《むね》がいっぱいになって……。

壱弥《いちや》の状況《じょうきょう》を知《し》って、胸《むね》が苦《くる》しくて……。

（悠雅《ゆうが》さんが言《い》いかけたことって、これだったんだ。）

24時間監視《じかんかんし》されているのは、きっと、私《わたし》や光莉《ひかり》の報道《ほうどう》のせいだよね……。

（私《わたし》、このまま最終審査《さいしゅうしんさ》に挑《いど》んでいいんだろうか……。）

私《わたし》が最終審査《さいしゅうしんさ》に合格《ごうかく》して『kira-kira《キラキラ》』になったら、もっとバッシングされてしまいそう。

壱弥《いちや》や事務所《じむしょ》に、もっと迷惑《めいわく》をかけてしまうかもしれない。

ふいに、そんな不安《ふあん》におそわれたけれど。

**『なにも気《き》にせず全力《ぜんりょく》で挑《いど》め。』**

便《びん》せんに力強《ちからづよ》く書《か》かれた壱弥《いちや》の文字《もじ》が、私《わたし》の背中《せなか》をぐんと強《つよ》く押《お》してくれた。

（ううん。ここであきらめたらダメだ！　壱弥《いちや》はなにも気《き》にするなって言《い》ってくれてる。

最終審査《さいしゅうしんさ》、私《わたし》も楽《たの》しんでいいんだ……！）

迷《まよ》いを振《ふ》りきった私《わたし》は、ふたたび手紙《てがみ》に視線《しせん》を落《お》とした。
「……えっ！」
手紙《てがみ》の続《つづ》きには、驚《おどろ》きの言葉《ことば》が書《か》かれていた。
（うそ……。これって、一番苦手《いちばんにがて》なことだ。私《わたし》にできるかな……。）
緊張《きんちょう》で、どくどくと心臓《しんぞう》の鼓動《こどう》が速《はや》くなっていく。
（いや、私《わたし》がこの状況《じょうきょう》からはい上《あ》がるには、これしかない。やりとげよう！）
壱弥《いちや》の手紙《てがみ》をぎゅっと胸《むね》に抱《だ》きしめて、私《わたし》は決心《けっしん》した。

# 12 壱弥《いちや》の最終面談《さいしゅうめんだん》

まもなく、オーディション番組最後《ばんぐみさいご》の放送《ほうそう》が始《はじ》まる。

最終回《さいしゅうかい》は三時間生放送《じかんなまほうそう》！

前半《ぜんはん》の一時間《じかん》で、今《いま》までの審査《しんさ》の振《ふ》り返《かえ》り映像《えいぞう》と、「花《はな》」「雪《ゆき》」「月《つき》」のグループ練習《れんしゅう》の様子《ようす》が放送《ほうそう》されて。

後半《こうはん》の二時間《じかん》は、最終審査《さいしゅうしんさ》にのぞむ九人《にん》の詳《くわ》しい紹介映像《しょうかいえいぞう》を流《なが》し、ひとりずつ意気《いき》ごみを語《かた》ったあと、いよいよ最終審査《さいしゅうしんさ》のパフォーマンスを披露《ひろう》する。

……はずだった。

「えー、急《きゅう》ですが後半《こうはん》の放送内容《ほうそうないよう》が変更《へんこう》になります。ひとりずつ意気《いき》ごみを語《かた》るのではなく、最終面談《さいしゅうめんだん》をすることになりました。」

プロデューサーの大和田《おおわだ》さんの突然《とつぜん》の発表《はっぴょう》に、スタジオがざわつく。

「どういうこと？」「意気《いき》ごみ、練習《れんしゅう》してきたのに。」「面談《めんだん》って、誰《だれ》と？」

最終審査《さいしゅうしんさ》にのぞむみんなから、ひそひそと不満《ふまん》が聞《き》こえてきた。

んんっ、とせきばらいをして、大和田《おおわだ》さんが続《つづ》ける。

「特別審査員《とくべつしんさいん》の成瀬壱弥《なるせいちゃ》さんから申《もう》し出《で》があって、ひとり五分《ふん》ずつ、スタジオで成瀬《なるせ》さんと面談《めんだん》していただきます。そのまま生放送《なまほうそう》で流《なが》しますので。」

「「「えぇっ！」」」

不安《ふあん》と不満《ふまん》がただよっていた参加者《さんかしゃ》たちの顔《かお》が、瞬時《しゅんじ》に輝《かがや》いた。

「壱弥《いちゃ》とふたりで話《はな》せるってこと⁉」「一生《いっしょう》の思《おも》い出《で》だ。」「壱弥《いちゃ》と会話《かいわ》できるなんて！」

歓喜《かんき》の声《こえ》が聞《き》こえるなか、壱弥《いちゃ》がみんなの前《まえ》に立《た》つ。

「みなさん、突然《とつぜん》の変更《へんこう》となってしまって申《もう》し訳《わけ》ありません。おひとりずつと面談《めんだん》をしたいと、僕《ぼく》が大和田《おおわだ》さんにムリを言《い》いました。オーディションにかける意気《いき》ごみや熱意《ねつい》を、みなさんから直接《ちょくせつ》聞《き》きたくて。今日《きょう》の審査《しんさ》は、視聴者投票《しちょうしゃとうひょう》もあります。たった五分《ふん》ですが、みなさんの魅力《みりょく》を視聴者《しちょうしゃ》の方《かた》に伝《つた》えたいと思《おも》っています。どうぞよろしくお願《ねが》いいたします。」

深々《ふかぶか》と頭《あたま》を下《さ》げた壱弥《いちゃ》は、王子様《おうじさま》スマイルを浮《う》かべながらも、りんとした審査員《しんさいん》の顔《かお》。

新《あら》たな魅力《みりょく》に、みんながぽわ〜んとしてる。

突然《とつぜん》の番組内容変更《ばんぐみないようへんこう》に対《たい》する不満《ふまん》や不安《ふあん》は、もう感《かん》じられない。

（さすが壱弥《いちや》だ……。）

この面談《めんだん》は、オーディション番組《ばんぐみ》のやらせ疑惑《ぎわく》や混乱《こんらん》をおさめるために、壱弥《いちや》が発案《はつあん》してくれたんだと思《おも》う。

（ありがとう、壱弥《いちや》。私《わたし》、がんばるよ。）

壱弥《いちや》から、参加者全員《さんかしゃぜんいん》に与《あた》えられた思《おも》いがけないチャンス。

絶対《ぜったい》にムダにしない……！


「エストレラプロダクション、ガールズグループオーディション！　いよいよ最終回《さいしゅうかい》となりました。ついに『ｋｉｒａ《キラ》－ｋｉｒａ《キラ》』としてデビューする三人《にん》が決《き》まります！　本日《ほんじつ》は、三時間《じかん》の生放送《なまほうそう》でお送《おく》りいたします！」

13時《じ》。いよいよオーディション番組《ばんぐみ》がスタートした。

悠雅《ゆうが》さんの司会《しかい》で最初《さいしょ》の一時間《じかん》はあっというまに終《お》わって、最終面談《さいしゅうめんだん》が始《はじ》まった。

「次《つぎ》は、花《はな》グループのミーナさんです！　どうぞ！」

九人《にん》の最終審査参加者《さいしゅうしんささんかしゃ》から、悠雅《ゆうが》さんがランダムに名前《なまえ》を呼《よ》ぶ。

スタジオに組《く》まれたセットで、壱弥《いちや》とミーナが向《む》かい合《あ》って座《すわ》り、面談《めんだん》が始《はじ》まった。

（ミーナ、がんばれ！）

私《わたし》と理央《りお》は、お祈《いの》りポーズでスタジオの陰《かげ》からミーナを応援《おうえん》する。

そこに、ミーナと入《い》れ替《か》わりで夢乃《ゆめの》が帰《かえ》ってきて、私《わたし》は愛梨《あいり》と迎《むか》えた。

愛梨《あいり》はキラキラアイドルモードになったり、素《す》に戻《もど》ったり、安定《あんてい》しない。

「ゆ、夢乃《ゆめの》、どうでしたか？　壱弥《いちや》にしっかりアピールできましたか？」

「うん。壱弥《いちや》の顔面《がんめん》、めちゃくちゃ美《うつく》しいな!?　って思《おも》った。」

「「え…………。」」

呆気《あっけ》にとられてハニワ顔《がお》になった私《わたし》と愛梨《あいり》なんて、視界《しかい》に入《はい》ってないみたい。

夢乃《ゆめの》は、「はぁ……。」と熱《あつ》い吐息《といき》をもらした。

「あと声《こえ》もよすぎだし、性格《せいかく》もよすぎるし、いいにおいがして最高《さいこう》に幸《しあわ》せだった。」

「ええっと？　最強夢乃《さいきょうゆめの》スマイルで、壱弥《いちや》も視聴者《しちょうしゃ》もメロメロにするんじゃなかったでしたっけ？」

「いや、逆《ぎゃく》に秒《びょう》でメロメロにされちゃったわ……。今日《きょう》まで生《い》きてきてよかったわ。生《う》まれてきてよかったわ。壱弥《いちや》にほめてもらった記憶《きおく》、永久保存《えいきゅうほぞん》するわ……。」

愛梨《あいり》も、さすがにぽかーんとしてる。

夢乃《ゆめの》はこう言《い》ってるけれど、壱弥《いちや》にしっかり魅力《みりょく》を引《ひ》き出《だ》してもらっていたと思《おも》うよ。

壱弥《いちや》は、会話《かいわ》をしながら、巧《たく》みにその子《こ》の得意《とくい》なことをほめてくれる。

結果的《けっかてき》に、ばっちり視聴者《しちょうしゃ》にアピールできてるんだ。

（すごいな、壱弥《いちや》。ひとりずつ意気《いき》ごみを語《かた》るよりも、もっと効果的《こうかてき》だよ。）

私《わたし》もがんばろう……。

キラキラ輝《かがや》く壱弥《いちや》を見《み》つめながら、ブレスレットの星《ほし》のチャームにそっと触《ふ》れた。

「特別審査員《とくべつしんさいん》、成瀬壱弥《なるせいちや》さんの最終面談《さいしゅうめんだん》、いよいよ最後《さいご》のひとりです。」

悠雅《ゆうが》さんの声《こえ》がスタジオ内《ない》に響《ひび》いて、ぶるっと体《からだ》がふるえた。

『いい意味《いみ》でも、悪《わる》い意味《いみ》でも、日向《ひなた》は今《いま》、すげー注目《ちゅうもく》されてる。視聴率《しちょうりつ》を稼《かせ》ぐために、日向《ひなた》の面談《めんだん》はきっと最後《さいご》になると思《おも》う。だけど、気負《きお》わずにやれ。』

放送《ほうそう》が始《はじ》まる前《まえ》、悠雅《ゆうが》さんがこっそり伝《つた》えてくれた言葉《ことば》を思《おも》い出《だ》す。

『だいじょうぶだ。壱弥《いちや》は、曲《ま》がったことが大嫌《だいきら》いな、ヒーローっぽさが鼻《はな》につくムカつくやつだ。だけど……だからこそ、理不尽《りふじん》なバッシングに巻《ま》きこまれてる日向《ひなた》の現状《げんじょう》を、なんとかしたいと思《おも》ってるにちがいない。いけ好《す》かないやつだけど、俺《おれ》は、今回《こんかい》ばかりはあいつを信《しん》じる。だから安心《あんしん》して全力《ぜんりょく》で挑《いど》め。日向《ひなた》なら、このピンチをチャンスに変《か》えられる。がんばれ！』

悠雅《ゆうが》さんからのエールを胸《むね》に、ぐっと前《まえ》を見据《みす》える。

「月《つき》グループ、相沢日向《あいざわひなた》さん、どうぞ！」

理央《りお》とミーナ、夢乃《ゆめの》と愛梨《あいり》が、私《わたし》の肩《かた》と背中《せなか》に手《て》を添《そ》えた。

「行《い》っておいで、日向《ひなた》。」

「私《わたし》たち、ここから応援《おうえん》してるよ。」

「絶対《ぜったい》うまくいくって祈《いの》ってるから！」

「日向《ひなた》、『だいじょうぶ。私《わたし》は最高《さいこう》！』って暗示《あんじ》をかけるのです！　ファイトです！」

みんな、ありがとう。

四人《にん》に笑顔《えがお》を向《む》けて、私《わたし》は歩《ある》きだした。

生放送《なまほうそう》だから、絶対《ぜったい》に失敗《しっぱい》はできない。

余計《よけい》なことも言《い》えないし、これ以上《いじょう》、炎上《えんじょう》するわけにはいかない。

壱弥《いちや》が待《ま》つステージに近《ちか》づくほどに、スタジオの空気《くうき》が張《は》りつめる。

壱弥《いちや》のマネージャーの松田《まつだ》さんと、私《わたし》のマネージャーの美鈴《みすず》さんが、心配《しんぱい》そうにスタジオの隅《すみ》で見守《みまも》ってる。

「よろしくお願《ねが》いします。」

向《む》かい合《あ》って座《すわ》ると、壱弥《いちや》はにっこりとほほ笑《え》んだ。

だけど、テレビ越《ご》しにずっとあこがれていた、キラキラアイドルの壱弥《いちや》ではなく、素《す》の壱弥《いちや》でもない。

(――審査員《しんさいん》の顔《かお》だ……。)

緊張《きんちょう》のあまりふるえる手《て》を、ぎゅっと握《にぎ》りしめた。

「まずは……。疑惑《ぎわく》をはっきりさせておこうか。」

感情《かんじょう》の読《よ》めない表情《ひょうじょう》で突然《とつぜん》切《き》りこまれて、背中《せなか》に冷《つめ》たい汗《あせ》が流《なが》れ落《お》ちる。

小《ちい》さくうなずくと、壱弥《いちや》がゆっくりと口《くち》を開《ひら》いた。

「相沢日向《あいざわひなた》さん。キミが、光莉《ひかり》の双子《ふたご》の妹《いもうと》っていうのは本当《ほんとう》？」

「……っ。」

痛《いた》いくらいに心臓《しんぞう》が高鳴《たかな》って、鼓動《こどう》が全身《ぜんしん》に響《ひび》く。

エストレラプロダクションは、私《わたし》と光莉《ひかり》が双子《ふたご》だということを、まだ正式《せいしき》に認《みと》めていない。だんまりを続《つづ》けているんだ。

ここで、私《わたし》がそれを認《みと》めてしまったら、どうなってしまうんだろう。

（もっと炎上《えんじょう》してしまうかな。すごく、怖《こわ》い……。）

だけど、壱弥《いちや》を信《しん》じるって決《き》めたから。

私《わたし》はまっすぐに壱弥《いちや》を見《み》つめて答《こた》えた。

「はい。そうです。」

スタジオがざわめきに包《つつ》まれた。

松田《まつだ》さんと美鈴《みすず》さんも驚《おどろ》いている。

「でもどうして、このオーディションを受《う》けようと思《おも》ったの？　光莉《ひかり》の事務所《じむしょ》からデビューするほうが、簡単《かんたん》にアイドルになれそうだけど。」

さらに踏《ふ》みこんだ質問《しつもん》に、私《わたし》はごくっと息《いき》をのんだ。

「それは……。」

言葉《ことば》が続《つづ》かなくて、私《わたし》は黙《だま》りこんでしまった。動揺《どうよう》で目《め》が泳《およ》いでしまう。

意地悪《いじわる》にも思《おも》える質問《しつもん》に、美鈴《みすず》さんが口元《くちもと》を押《お》さえてオロオロしている。

理央《りお》やミーナ、夢乃《ゆめの》や愛梨《あいり》も、困惑《こんわく》した顔《かお》をしていた。

プロデューサーの大和田《おおわだ》さんは、私《わたし》の回答《かいとう》をわくわくした顔《かお》で待《ま》っている。

壱弥《いちや》は、審査員《しんさいん》の顔《かお》で、ただただ私《わたし》をまっすぐに見《み》つめていた。

(自己《じこ》アピールが苦手《にがて》な私《わたし》が、原稿《げんこう》や練習《れんしゅう》もなしに自分《じぶん》の気持《きも》ちを話《はな》すなんて。ましてや生放送《なまほうそう》だ。失敗《しっぱい》できない……。プレッシャーに押《お》しつぶされてしまいそう。)

でも、感情《かんじょう》の読《よ》めない表情《ひょうじょう》の裏《うら》で、壱弥《いちや》は私《わたし》を応援《おうえん》してくれてる。

だって、これは壱弥《いちや》からの手紙《てがみ》に書《か》かれていたことなんだ。

**自分《じぶん》の口《くち》から、『光莉《ひかり》の妹《いもうと》』だと公表《こうひょう》してしまったほうがいい。**

**そして、日向《ひなた》の想《おも》いをぜんぶ話《はな》すといい。**

**キラキラ輝《かがや》く厳《きび》しいこの世界《せかい》に、勇気《ゆうき》を出《だ》して飛《と》びこんだ、シンデレラの決意《けつい》を。**


だからこのきびしい質問《しつもん》は、私《わたし》のためだってわかってる。わかってるけど……。

嫌《きら》われたくなくて正解《せいかい》を探《さが》してしまう私《わたし》にとって、すごく難《むずか》しい質問《しつもん》だ。

一対《たい》一で生放送中《なまほうそうちゅう》の今《いま》、誰《だれ》も助《たす》けてくれる人《ひと》はいない。

テレビにうつっている壱弥《いちや》は、私《わたし》を試《ため》すような厳《きび》しい審査員《しんさいん》の顔《かお》をしてると思《おも》う。

でも、これはまぎれもなく壱弥《いちや》がくれたきっかけ。

このピンチをチャンスに変《か》えたいって、強《つよ》く思《おも》った。

(うまく話《はな》せなくてもいい。勇気《ゆうき》を出《だ》して、気持《きも》ちを伝《つた》えよう!)

ブレスレットごと手首《てくび》をぎゅっと握《にぎ》って、私《わたし》はすべてを話《はな》しはじめた。

「私《わたし》が、このオーディションを受《う》けた理由《りゆう》は……。なりたい自分《じぶん》になるためです。」

「なりたい自分《じぶん》に?」

「はい。私《わたし》、小《ちい》さいころから自分《じぶん》に自信《じしん》がなくて、いつも光莉《ひかり》と自分《じぶん》を勝手《かって》に比《くら》べて落《お》ちこんで……。ずっと光莉《ひかり》の陰《かげ》に隠《かく》れていました。光莉《ひかり》にあこがれて、光莉《ひかり》になりたかった。だけど、私《わたし》は光莉《ひかり》みたいにキラキラしてないから……。平凡《へいぼん》な一般人《いっぱんじん》って枠《わく》に自分《じぶん》をはめて、なりたい自分《じぶん》も夢《ゆめ》も、見《み》て見《み》ぬふりをしていました。」

「うん。」

「でも、歌《うた》っているときは楽《たの》しくて、ちょっとだけ自分《じぶん》を好《す》きになれました。だから、だんだん欲《よく》が出《で》てきて……。もっともっとたくさんの人《ひと》に歌《うた》を届《とど》けたくなりました。私《わたし》は私《わたし》。それでいい、それがいいって思《おも》いたくて。いつも私《わたし》を守《まも》ってくれる光莉《ひかり》の陰《かげ》から出《で》て、光莉《ひかり》のとなりにいたくて。思《おも》いきって、このオーディションに飛《と》びこみました。」

質問《しつもん》の答《こた》えに行《ゆ》きつくまでに、たくさんたくさん遠回《とおまわ》りした、ぐだぐだな回答《かいとう》。

だけど、壱弥《いちや》はあいづちを打《う》ちながら、やさしい眼差《まなざ》しで聞《き》いてくれた。

「話《はな》してくれてありがとう。じゃあ、最後《さいご》に今《いま》の想《おも》いを教《おし》えてください。」

「……はい。」

意《い》を決《けっ》してうなずくと、今《いま》までの審査《しんさ》の思《おも》い出《で》が頭《あたま》の中《なか》をよぎった。

こみあげてくる熱《あつ》い想《おも》いを、私《わたし》はそのまま言葉《ことば》にした。

「オーディションでチームD《ディー》のみんなに会《あ》えて、蘭《らん》さんの個人《こじん》レッスンを受《う》けて、アイドルが『夢《ゆめ》』から『目標《もくひょう》』になりました。だから、次《つぎ》は『現実《げんじつ》』にしたいんです。私《わたし》、なりたい自分《じぶん》に……『kira《キラ》-kira《キラ》』になりたいです！」

思《おも》いのたけを伝《つた》えると、壱弥《いちや》はスッと真剣《しんけん》な顔《かお》になった。

「想《おも》いはよくわかりました。このあとの最終審査《さいしゅうしんさ》、僕《ぼく》たち審査員《しんさいん》は、キミが光莉《ひかり》の妹《いもうと》でも特別《とくべつ》あつかいしない。キミは相沢日向《あいざわひなた》だ。キミのパフォーマンスを見《み》せてほしい。」

「……っ。」

冷《つめ》たい言葉《ことば》に聞《き》こえるけど、きっとそうじゃない。

世間《せけん》をにぎわしている話題《わだい》もバッシングも、この審査《しんさ》に関係《かんけい》ない。

私《わたし》のパフォーマンスだけを見《み》てくれる。

そんな意味《いみ》がこめられた、壱弥《いちや》のメッセージ。

今《いま》までこらえてきたいろいろな感情《かんじょう》が、一気《いっき》にあふれてしまって、私《わたし》はボロボロと大粒《おおつぶ》の涙《なみだ》を流《なが》した。

「だいじょうぶ。……だいじょうぶだ。相沢日向《あいざわひなた》は自分《じぶん》に負《ま》けない。応援《おうえん》してるよ。」

やさしい声《こえ》が、胸《むね》の奥《おく》にしみこんでいく。

王子様《おうじさま》モードでやさしくほほ笑《え》んでくれた壱弥《いちや》に、何度《なんど》もうなずいた。

涙《なみだ》をぬぐい、私《わたし》は壱弥《いちや》をまっすぐ見《み》つめて宣言《せんげん》した。

「はい！　私《わたし》のすべてで戦《たたか》います。『私《わたし》なんか』って思《おも》ってしまう自分《じぶん》に、負《ま》けません！」

CM《シーエム》に切《き》り替《か》わったタイミングで、私《わたし》はステージを下《お》りた。

（えっ……。）

スタッフさんも、カメラマンさんも、泣《な》いてる……!?

まだうるんでる目《め》をごしごしこすっていると、どこからともなく、拍手《はくしゅ》が聞《き》こえてきた。

それは、あっというまにふくれ上《あ》がって、スタジオ中《じゅう》に響《ひび》き渡《わた》った。

司会《しかい》の悠雅《ゆうが》さんも、審査員《しんさいん》の社長《しゃちょう》も、SATOMIN《サトミン》先生《せんせい》も、蘭《らん》さんも、やさしい眼差《まなざ》しで見《み》つめてくれている。

スタジオの隅《すみ》で、松田《まつだ》さんと号泣《ごうきゅう》してる美鈴《みすず》さんが、何度《なんど》もうなずいてエールを送《おく》ってくれていた。
振《ふ》り返《かえ》って、光《ひか》り輝《かがや》くステージを見《み》ると。
『よくやった。がんばったな。』
壱弥《いちや》の目《め》が、そう伝《つた》えてくれていた。
ありがとう、壱弥《いちや》。最終審査《さいしゅうしんさ》、思《おも》いっきり楽《たの》しむよ！

# 13　ついに最終審査《さいしゅうしんさ》！

今《いま》までのダイジェスト映像《えいぞう》が流《なが》れている十分間《ぷんかん》で、私《わたし》たちは最終審査《さいしゅうしんさ》を行《おこな》うスタジオに移動《いどう》して、準備《じゅんび》を整《ととの》えた。

「CM《シーエム》明《あ》けます！」

スタッフさんの合図《あいず》で、悠雅《ゆうが》さんがステージに立《た》つ。

みんなの熱気《ねっき》で、スタジオの温度《おんど》がぐっと上《あ》がったような気《き》がした。

「エストレラプロダクション、ガールズグループオーディション！　ついに最終審査《さいしゅうしんさ》の時《じ》間《かん》となりました。審査員《しんさいん》を紹介《しょうかい》します！」

ステージの審査員席《しんさいんせき》に、エストレラプロダクションの社長《しゃちょう》と壱弥《いちや》、SATOMIN《サトミン》先生《せんせい》と蘭《らん》さんが座《すわ》る。

スタジオの空気《くうき》は一転《いってん》して、ピリッとした緊張感《きんちょうかん》がただよいはじめた。

「最終審査《さいしゅうしんさ》は、三人《にん》ずつ『花《はな》』『雪《ゆき》』『月《つき》』の三グループに分《わ》かれて、『kiraーki《キラキ》

ra《ラ》』のデビュー曲《きょく》を披露《ひろう》してもらいます！　三人組《にんぐみ》としてのパフォーマンス力《りょく》と、ひとりひとりのアイドル性《せい》やダンススキル、歌唱力《かしょうりょく》など、いろいろな角度《かくど》から審査《しんさ》をします。また、今回《こんかい》は視聴者投票《しちょうしゃとうひょう》もありますので、テレビの前《まえ》のみなさんの投票結果《とうひょうけっか》も踏《ふ》まえて、上位《じょうい》三人《にん》が合格《ごうかく》。『ki《キ》ra《ラ》-ki《キ》ra《ラ》』としてデビューが決定《けってい》します！」

悠雅《ゆうが》さんの説明《せつめい》が終《お》わり、さっそく『花《はな》』グループがステージに上《あ》がった。

「ではさっそく最終審査《さいしゅうしんさ》に入《はい》りましょう！　花《はな》グループのみなさん、お願《ねが》いします！」

『花《はな》』は、元《もと》モデルの東《あずま》エマちゃん、穂乃果《ほのか》ちゃん、そしてミーナ。

ステージで光《ひかり》を浴《あ》びるミーナは、りんとして美《うつく》しい。

（ミーナ、すごくかっこいいよ！　がんばれ……！）

祈《いの》りをこめてステージを見《み》つめていると、夢乃《ゆめの》がボソッとつぶやいた。

「やっぱり『花《はな》』ってさ、三人《にん》とも手足《てあし》が長《なが》くて高身長《こうしんちょう》だよね……。ビジュもスタイルもいいし、悔《くや》しいけど超映《ちょうば》えてる……。」

た、たしかに。夢乃《ゆめの》がボヤく気持《きも》ちもわかる。

私《わたし》たち、全《ぜん》グループ同《おな》じ衣装《いしょう》なのに、『花《はな》』のみんなが着《き》るとすごくオシャレで大人《おとな》っぽいんだ。

「うーん。一理《いちり》ありますね。『月《つき》』の私《わたし》たちは、身長《しんちょう》も体型《たいけい》も、なんか普通《ふつう》……。」

愛梨《あいり》ちゃんまで！

さっきまでキラキラアイドルモードで輝《かがや》いていたのに、素《す》に戻《もど》りつつあるよ。大変《たいへん》！

「いやいや、比《くら》べる必要《ひつよう》ないよ！　私《わたし》たちも、ステージで輝《かがや》けるから！」

あわてて、自分《じぶん》にも言《い》い聞《き》かせるように言《い》ったけど……。

花《はな》グループの、華《はな》やかで映《ば》えるパフォーマンスに、私《わたし》たちは委縮《いしゅく》しちゃった。

「続《つづ》いては、雪《ゆき》グループ！　お願《ねが》いしますっ！」

『雪《ゆき》』は、ダンスがキレッキレな三人衆《にんしゅう》。

理央《りお》と、ほかのオーディションでも最終選考《さいしゅうせんこう》まで残《のこ》った実力者《じつりょくしゃ》の双葉《ふたば》ちゃんと、参加者《さんかしゃ》の中《なか》で一番《いちばん》ダンスがうまいって評判《ひょうばん》の渡瀬紗里《わたせさり》ちゃん。

「ほわ～。完成《かんせい》されてるね。かっこいいわ。」

「ダンスがレベチですね……。」

ちょ、ちょっと！　ふたりともモチベーションがだだ下《さ》がっちゃってるよ！

『私《わたし》たち月《つき》は、かわいい担当《たんとう》！』

……って夢乃《ゆめの》が豪語《ごうご》していたけれど、本当《ほんとう》は「自信《じしん》のない三人《にん》」の集《あつ》まり。

だけど、三人集《にんあつ》まれば……。この三人《にん》なら、キラキラ輝《かがや》ける気《き》がするんだ！

「夢乃《ゆめの》、愛梨《あいり》。」

自信《じしん》をなくして肩《かた》をすぼめるふたりに想《おも》いを伝《つた》えたくて、私《わたし》は口《くち》を開《ひら》いた。

「ふたりのおかげで、私《わたし》は今《いま》、ここに立《た》つことができてるよ。ありがとう。私《わたし》、夢乃《ゆめの》と愛《あい》梨《り》といっしょに、夢《ゆめ》の舞台《ぶたい》を楽《たの》しみたい！」

「日向《ひなた》……。」

「そうだね。もうここまで来《き》たら、思《おも》いっきり楽《たの》しむしかないよね。」

よかった！　愛梨《あいり》と夢乃《ゆめの》に笑顔《えがお》と輝《かがや》きが戻《もど》った。

そのとき、悠雅《ゆうが》さんの声《こえ》がスタジオに響《ひび》いた。

「雪《ゆき》グループのみなさん、ありがとうございました！　では月《つき》グループのみなさん、お願《ねが》いします！」

私《わたし》たちは顔《かお》を見合《みあ》わせて、笑顔《えがお》でうなずいた。

「よし、行《い》こう。誰《だれ》が合格《ごうかく》しても恨《うら》みっこなしね。楽《たの》しもう！」

「ですね。みんなそれぞれの『なりたい自分《じぶん》』のためにがんばりましょう☆」

「うん！　ぜんぶ出《だ》しきろう！」

夢乃《ゆめの》と、まばゆいほどキラッキラな愛梨《あいり》といっしょに、ステージに向《む》かって歩《ある》きだす。

（いよいよ、これが最後《さいご》。ついに勝負《しょうぶ》のときが来《き》たんだ。）

自分《じぶん》に花丸《はなまる》をあげられるパフォーマンスをしよう。

あーちゃんや陸《りく》、奈子《なこ》、そしていっしょに戦《たたか》った萌花《もか》に、感謝《かんしゃ》を届《とど》けよう！

審査員席《しんさいんせき》の壱弥《いちや》に、大好《だいす》きを送《おく》ろう！　そして……。

（心《こころ》もドアも閉《と》ざして部屋《へや》でうずくまってる光莉《ひかり》に、今度《こんど》は私《わたし》から、画面越《がめんご》しに想《おも》いを伝《つた》えたい！）

たくさんの熱《あつ》い想《おも》いを胸《むね》に、私《わたし》たちは、審査員《しんさいん》が待《ま》つステージへと飛《と》び出《だ》した！

（わ……っ。）

まばゆいライト。たくさんのカメラ。

セットの外《そと》で見《み》てる、スタッフさんたちや美鈴《みすず》さんや松田《まつだ》さん、理央《りお》やミーナたち。

そして、審査員席《しんさいんせき》で輝《かがや》く、壱弥《いちや》とSATOMIN《サトミン》先生《せんせい》、蘭《らん》さん！
スタンバイして待《ま》つこと数秒《すうびょう》。壱弥《いちや》が作曲《さっきょく》した、デビュー曲《きょく》のイントロが流《なが》れた。
夢乃《ゆめの》、愛梨《あいり》と「思《おも》いっきり楽《たの》しもう！」って合図《あいず》して、私《わたし》はぎゅっとマイクを握《にぎ》った。

夢見《ゆめみ》るだけじゃ叶《かな》わない　思《おも》いきって飛《と》びこもう
キラキラ輝《かがや》く　新《あたら》しい世界《せかい》に

鐘《かね》の音《おと》が鳴《な》って　魔法《まほう》が解《と》けても　ひるまない
階段《かいだん》を駆《か》けのぼり　追《お》いかけて　手《て》に入《い》れるの
キラキラのティアラを！　なりたい自分《じぶん》を！

夢《ゆめ》を現実《げんじつ》にするために　私《わたし》は飛《と》びこむんだ
あなたが待《ま》つ　新《あたら》しい世界《せかい》に

愛梨《あいり》はキラッキラで自信《じしん》に満《み》ちた歌《うた》とダンスを。
夢乃《ゆめの》は、カメラ目線《めせん》でバッチリ決《き》めポーズとキメ顔《がお》を。
私《わたし》は、のびのびと楽《たの》しく、たくさんの想《おも》いをこめて歌《うた》いあげることができたんだ！
最後《さいご》の決《き》めポーズもバッチリ。
（すごく楽《たの》しかった……！）
たくさんの拍手《はくしゅ》が響《ひび》くなか、私《わたし》たちは顔《かお》を見合《みあ》わせて満足《まんぞく》げにうなずいた。
『やるじゃない。』『うん、いいね。』
蘭《らん》さんと壱弥《いちや》が、そう言《い》ってくれてるみたい！
一瞬《いっしゅん》だけ、壱弥《いちや》と目《め》が合《あ》って。
どきん！　と心臓《しんぞう》が跳《は》ねる。
ここまでがんばれたのは、壱弥《いちや》がいたから。
（恋《こい》を知《し》ってわかった、この胸《むね》のときめき。私《わたし》は、ずっと大切《たいせつ》にしたい。）
そんな思《おも》いで、壱弥《いちや》を見《み》つめ返《かえ》した。

十五分間《ふんかん》、一次審査《じしんさ》からのダイジェスト映像《えいぞう》の後半部分《こうはんぶぶん》が流《なが》れ、CM《シーエム》が明《あ》けて……。

いよいよそのときが来《き》た。

ステージ上《じょう》には、パフォーマンスを終《お》えた九人《にん》が横一列《よこいちれつ》に並《なら》ぶ。

マイクを持《も》った悠雅《ゆうが》さんが、声《こえ》を張《は》り上《あ》げた。

「それでは！　結果発表《けっかはっぴょう》です……！　特別審査員《とくべつしんさいん》の成瀬壱弥《なるせいちゃ》さん、お願《ねが》いします！」

「はい。」

壱弥《いちゃ》がほほ笑《え》むと、緊迫感《きんぱくかん》がスタジオを包《つつ》んだ。

（ドキドキしすぎて倒《たお》れちゃいそう！）

心臓《しんぞう》がうるさく鳴《な》って、手《て》がふるえてしまう。

「審査員《しんさいん》の審査結果《しんさけっか》を発表《はっぴょう》します。」

「一位《い》は神崎愛梨《かんざきあいり》さん！　二位《い》はミーナさん！　三位《い》は東《あずま》エマさん！　四位《い》、相沢日向《あいざわひなた》さん！　五位《い》、夢乃《ゆめの》さん！」

スタジオ中《じゅう》に拍手《はくしゅ》が鳴《な》り響《ひび》き、歓喜《かんき》の声《こえ》と嗚咽《おえつ》が入《い》り交《ま》じる。

（三位《い》以《い》内《ない》に入《はい》れなかった……。私《わたし》は、『ｋｉｒａ‐ｋｉｒａ《キラキラ》』になれなかった……。）

ショックで、頭《あたま》の中《なか》が白《しろ》く溶《と》け落《お》ちるような感覚《かんかく》におそわれる。

（……でも、せいいっぱいがんばったし、すごく楽《たの》しかった。悔《く》いはないよ。花丸《はなまる》だよ！）

満足《まんぞく》してる。悔《く》いはない。それは本心《ほんしん》だけど、やっぱり悔《くや》しくて悲《かな》しい……。

ごちゃまぜの感情《かんじょう》に押《お》し流《なが》されて、呆然《ぼうぜん》としてしまう。

（愛梨《あいり》が一位《い》で、ミーナが二位《い》！　すごいよ！　みんなでお祝《いわ》いしたいな！）

そんな楽《たの》しいことを考《かんが》えて、気持《きも》ちを切《き》り替《か》えようとした、そのときだった。

「では、次《つぎ》に。」

壱弥《いちや》の声《こえ》が、スタジオに響《ひび》いた。

（次《つぎ》に……って？　まだなにか発表《はっぴょう》があるの？）

ごくっと息《いき》をのんで壱弥《いちや》を見《み》つめる。

「視聴者投票《しちょうしゃとうひょう》の結果《けっか》です。」

あ、そうだった！　緊張《きんちょう》しすぎてすっかり忘《わす》れていた。

審査員《しんさいん》の審査結果《しんさけっか》と、視聴者投票《しちょうしゃとうひょう》の結果《けっか》を合《あ》わせて、デビューする三人《にん》が決《き》まるんだった！

「まだわからないよ。順位《じゅんい》が動《うご》く可能性《かのうせい》はじゅうぶんにあるから。」

夢乃《ゆめの》のつぶやきが聞《き》こえた。

そうだよ！　まだ可能性《かのうせい》はある。そう思《おも》いたいけれど……。

（バッシングされてる私《わたし》は、視聴者投票《しちょうしゃとうひょう》、最下位《さいかい》だよね……。）

現実的《げんじつてき》に考《かんが》えたら、結果《けっか》は明《あき》らかだよ。

一気《いっき》に脱力《だつりょく》したそのとき……。


「視聴者投票《しちょうしゃとうひょう》の結果《けっか》は……。一位《い》、相沢日向《あいざわひなた》さん！」

「……えっ!?」

カメラとみんなの視線《しせん》が一気《いっき》に集《あつ》まる。

え？　ええっ!?　私《わたし》が、視聴者投票《しちょうしゃとうひょう》一位《い》!?　バッシングされてるのに!?

大混乱《だいこんらん》すぎて、カチンコチンに固《かた》まったまま、目《め》が泳《およ》いでしまった。

「二つの結果《けっか》を合《あ》わせた最終順位《さいしゅうじゅんい》は……。」

「第《だい》一位《い》、ミーナさん！　第《だい》二位《い》、相沢日向《あいざわひなた》さん！　第《だい》三位《い》、神崎愛梨《かんざきあいり》さん！」

「エストレラプロダクション、ガールズグループオーディション、合格者《ごうかくしゃ》が決定《けってい》しました！　以上《いじょう》三名《めい》が『ｋｉｒａ《キラ》－ｋｉｒａ《キラ》』としてデビューします！　おめでとうございます！」

信《しん》じられなくて、壱弥《いちや》と悠雅《ゆうが》さんの声《こえ》が遠《とお》くに聞《き》こえる。

私《わたし》、名前《なまえ》を呼《よ》ばれた気《き》がするけど、妄想《もうそう》かな？　幻聴《げんちょう》だったりする？

というか、これって夢《ゆめ》？

「……痛《いた》い。」

ほっぺをつねってみたけど、ちゃんと痛《いた》い。ってことは、やっぱり夢《ゆめ》じゃない！

（ていうか、今《いま》、生放送中《なまほうそうちゅう》!!）

ハッとわれに返《かえ》ると、スタジオの巨大《きょだい》モニターに、ほっぺをつねってる私《わたし》のどアップが！

うわわわ〜！　恥《は》ずかしすぎるよ！

「日向《ひなた》ちゃん、夢《ゆめ》じゃないよ？　合格《ごうかく》だから。『kira-kira《キラキラ》』デビューだよ。」

「ふふふ。大逆転合格《だいぎゃくてんごうかく》、おめでとう。」

悠雅《ゆうが》さんと壱弥《いちや》が、にやにやしながら私《わたし》を見《み》てる！

（はわわ。推《お》しと、推《お》しのお兄《にい》ちゃん的存在《てきそんざい》の仲良《なかよ》し生《なま》ツーショット、尊《とうと》すぎる！）

……って、本当《ほんとう》にしっかりして！　萌《も》えちらかしてる場合《ばあい》じゃないから！

SATOMIN《サトミン》先生《せんせい》が手《て》をたたいて大爆笑《だいばくしょう》してるし、蘭《らん》さんもこらえきれずに笑《わら》ってる。

「それでは、合格《ごうかく》した三人《にん》に、今《いま》の気持《きも》ちを聞《き》いてみましょう！」

悠雅《ゆうが》さんに誘導《ゆうどう》されて、ミーナと愛梨《あいり》と私《わたし》だけがステージに残《のこ》る。

ミーナと愛梨《あいり》は、感動《かんどう》の涙《なみだ》を流《なが》しながら、今《いま》の気持《きも》ちと感謝《かんしゃ》を述《の》べた。

いよいよ私《わたし》の番《ばん》だ。

「あの、なんだか信《しん》じられなくて……。私《わたし》が『kira-kira《キラキラ》』に……なんて、夢《ゆめ》みたいで……。みなさんのおかげで夢《ゆめ》を現実《げんじつ》にすることができました。なりたい自分《じぶん》になれそうです。たくさんの応援《おうえん》、本当《ほんとう》にありがとうございます。ミーナと愛梨《あいり》といっしょにがんばります！」

まだふわふわしていて実感《じっかん》がない。私《わたし》、ちゃんとしゃべれたかな。

（あっ！　どうしても言《い》いたいことがあった！）

マイクをもう一度《いちど》口元《くちもと》に持《も》っていき、私《わたし》は息《いき》を吸《す》った。

「それと、光莉《ひかり》は私《わたし》の目標《もくひょう》です。いつか、光莉《ひかり》を超《こ》えるアイドルになりたいです！」

まっすぐカメラを見《み》て告《つ》げると、スタジオからたくさんの拍手《はくしゅ》が聞《き》こえた。

光莉《ひかり》、テレビで見《み》てくれてるかな？　このメッセージ、届《とど》いてほしい。

（引退《いんたい》なんかしてられないよ。光莉《ひかり》は私《わたし》の目標《もくひょう》なんだから！）

光莉《ひかり》にキラキラの笑顔《えがお》が戻《もど》りますようにって祈《いの》りながら、私《わたし》はカメラを見《み》つめつづけた。

控《ひか》え室《しつ》に戻《もど》ると、理《り》央《お》と夢《ゆめ》乃《の》が祝福《しゅくふく》してくれた。

「視聴者投票《しちょうしゃとうひょう》一位《い》は、バッシングしていた視聴者《しちょうしゃ》が、日向《ひなた》の涙《なみだ》とパフォーマンスに心《こころ》を打《う》たれて応援《おうえん》するようになった結果《けっか》だよ。」

「日向《ひなた》の想《おも》いと歌《うた》が、視聴者《しちょうしゃ》の心《こころ》を動《うご》かしたってことだよ。ほら、見《み》て！」

夢《ゆめ》乃《の》が見《み》せてくれたSNS《エスエヌエス》は、私《わたし》を応援《おうえん》する投稿《とうこう》であふれていた。

歌唱審査《かしょうしんさ》で敗退《はいたい》した萌花《もか》も、SNS《エスエヌエス》でミーナと私《わたし》の合格《ごうかく》を心《こころ》からよろこぶ投稿《とうこう》をしてくれていた。

私《わたし》もミーナも、うれしくて胸《むね》がいっぱい。

でも……。

理《り》央《お》と夢《ゆめ》乃《の》とは、ここでお別《わか》れ。

さみしくて、思《おも》わずうつむいてしまった私《わたし》たちに、夢《ゆめ》乃《の》がいつものキラキラスマイルを向《む》けてくれた。

「私《わたし》、まだまだあきらめてないよ。絶対《ぜったい》にアイドルになるから。次《つぎ》に会《あ》うときは、アイドル同士《どうし》、ステージの上《うえ》だよ！」

「だね。私《わたし》もあきらめない！　いつかいっしょにステージに立《た》てる日《ひ》を目標《もくひょう》に、がんばるよ！」

夢乃《ゆめの》と理央《りお》の宣言《せんげん》がうれしくて、私《わたし》とミーナはふたりに抱《だ》きついた。

四人《にん》で抱《だ》き合《あ》って交《か》わした「いつか共演《きょうえん》しよう。」の約束《やくそく》、忘《わす》れないよ。

# 14 開《ひら》いたドアと謝罪会見《しゃざいかいけん》!?

マンションに帰《かえ》ってきたときには、17時《じ》をまわっていた。

(つ、疲《つか》れた……。)

ずっと夢《ゆめ》の中《なか》にいるみたいだったけど、どっと疲《つか》れが出《で》てきたよ。

テレビ局《きょく》に迎《むか》えに来《き》てくれたお母《かあ》さんは、私《わたし》をマンション前《まえ》で降《お》ろすと、

「今夜《こんや》はお祝《いわ》いね！　おめでとう、日向《ひなた》！　事務所《じむしょ》で手続《てつづ》きしてくるわ！」

そう言《い》って出《で》かけていった。

「ただいま。」

玄関《げんかん》のドアを開《あ》けて、くつを脱《ぬ》いだ次《つぎ》の瞬間《しゅんかん》。

バンッ！　と、リビングのドアが開《ひら》いた。

「おかえり、日向《ひなた》ちゃん！」

「わわっ。あぶなっ。」

たたっと駆《か》け寄《よ》って、私《わたし》に抱《だ》きついてきたのは……。

「光莉《ひかり》！！！」

「日向《ひなた》ちゃん、合格《ごうかく》おめでとう〜。すっごくすっごく感動《かんどう》したよ！」

光莉《ひかり》はボロボロ泣《な》きながら、ぎゅっと私《わたし》を抱《だ》きしめた。

「生放送《なまほうそう》、見《み》てくれたんだね。」

「うん……。すごくキラキラしててかっこよかったよ。がんばってる日向《ひなた》ちゃんから、たくさん元気《げんき》をもらったの。ありがとう。コメントもうれしかった。」

「よかった……！　見《み》てくれてありがとう。」

生放送《なまほうそう》を見《み》て応援《おうえん》してくれてたんだね。

部屋《へや》から出《で》てきたこともうれしくて、泣《な》きじゃくる光莉《ひかり》をぎゅーっと抱《だ》きしめた。

「日向《ひなた》ちゃん。私《わたし》、やっぱりアイドル続《つづ》けたい。」

「うん、うん。光莉《ひかり》を待《ま》ってるファンがたくさんいるよ。私《わたし》だって！」

「ありがとう。お母《かあ》さんが帰《かえ》ってきたら、相談《そうだん》してみるよ。」

「うん！」

キラキラが戻《もど》った光莉《ひかり》にホッとして、私《わたし》は笑顔《えがお》でうなずいた。

そのとき、私《わたし》のスマホから、ニュースアプリの速報《そくほう》の音《おと》が聞《き》こえてきた。

「なんだろう。えっ⁉」

通知《つうち》を見《み》た私《わたし》は、息《いき》が止《と》まりそうなくらい驚《おどろ》いて、すぐに光莉《ひかり》に画面《がめん》を見《み》せる。

「光莉《ひかり》、大変《たいへん》！　7時《じ》から諒《りょう》くんの謝罪会見《しゃざいかいけん》が生放送《なまほうそう》されるって！」

「えっ⁉」

「7時《じ》って……。二時間後《じかんご》だ。光莉《ひかり》？」

光莉《ひかり》はぎゅっと眉《まゆ》を寄《よ》せて、厳《きび》しい顔《かお》をしている。

「……諒《りょう》くんは、ひとりですべて背負《せお》って引退《いんたい》するつもりだ。」

「……っ。」

「そんなこと、絶対《ぜったい》にさせない！」

「待《ま》って、光莉《ひかり》！」

家《いえ》を飛《と》び出《だ》そうとする光莉《ひかり》を、全力《ぜんりょく》で引《ひ》き止《と》めた。

「日向《ひなた》ちゃん、放《はな》して。今《いま》すぐ行《い》かなくちゃ！　諒《りょう》くんが……！」

「でも、会場《かいじょう》には報道陣《ほうどうじん》がたくさんいるんだよ？　今《いま》、光莉《ひかり》が行《い》ったら大変《たいへん》なことになるよ！　それに……。」

キラキラの輝《かがや》きは戻《もど》ったし、光莉《ひかり》はメイクをしなくてもじゅうぶんかわいい。

でも、しばらく部屋《へや》に閉《と》じこもって不健康《ふけんこう》な生活《せいかつ》をしていたからか、顔色《かおいろ》もお肌《はだ》の調子《ちょうし》も悪《わる》いし、目《め》の下《した》にはくまがくっきり。

「この姿《すがた》のまま生放送《なまほうそう》されてる会場《かいじょう》に行《い》ったら、全国《ぜんこく》の光莉《ひかり》ファンが心配《しんぱい》するよ。」

「……そっか。そうだよね。でも、お母《かあ》さんやナツさんに相談《そうだん》している時間《じかん》はないし、そもそもナツさんを巻《ま》きこむわけにもいかない……。日向《ひなた》ちゃん、どうしよう！」

困《こま》ったな。メイクでごまかすことができたらいいんだけど。

(今《いま》すぐお願《ねが》いできるような、プロのヘアメイクさんなんていないよ……。)

困惑《こんわく》しているこの瞬間《しゅんかん》にも、刻々《こっこく》と時間《じかん》が過《す》ぎていく。

そのとき、私《わたし》のスマホの着信音《ちゃくしんおん》が鳴《な》った。

「……壱弥《いちや》!?」

間違《まちが》いなく、壱弥《いちや》からの着信《ちゃくしん》！

オーディション番組《ばんぐみ》が終《お》わったから、自由《じゆう》になったみたい！

ホッとしたし、いろいろ話《はな》したいことはあるけれど、今《いま》はそれどころじゃない。

「もしもし、壱弥《いちや》、諒《りょう》くんが……！」

『わかってる。日向《ひなた》、そこに光莉《ひかり》はいるか？』

「うん！　いるよ。」

『じゃあ、スピーカーにして。』

「わかった！」

スピーカーのアイコンをタップして、光莉《ひかり》と顔《かお》を寄《よ》せ合《あ》う。

『光莉《ひかり》、会場《かいじょう》にのりこみたいんだろ？　協力《きょうりょく》してやる。』

「「えっ!?　本当《ほんとう》!?」」

『ああ。バカップルに借《か》りを返《かえ》す。』

壱弥《いちや》の思《おも》いがけない言葉《ことば》に、私《わたし》と光莉《ひかり》は顔《かお》を見合《みあ》わせた。

「日向《ひなた》ちゃん、私《わたし》、行《い》ってくる。諒《りょう》くんだけが謝罪《しゃざい》するなんて、おかしいよ。」

「うん！」

通話《つうわ》を終《お》えた私《わたし》たちは、決意《けつい》を固《かた》めてうなずき合《あ》った。

壱弥《いちや》は、諒《りょう》くんの会見会場《かいけんかいじょう》を突《つ》き止《と》めてくれたの。

それだけじゃない。光莉《ひかり》のために、壱弥専属《いちやせんぞく》のヘアメイクさんと、タクシーまで手配《てはい》してくれた。

光莉《ひかり》は、五分後《ふんご》に到着《とうちゃく》するタクシーに乗《の》って、ヘアメイクさんが待《ま》つ場所《ばしょ》に行《い》き、そのあと会見会場《かいけんかいじょう》まで送《おく》り届《とど》けてもらえることになったんだ。

（だけど、問題《もんだい》が一つ。）

諒《りょう》くんの謝罪会見《しゃざいかいけん》が開《ひら》かれると知《し》った記者《きしゃ》たちが、光莉《ひかり》に取材《しゅざい》をしようとマンション前《まえ》に押《お》しかけていた。

カーテンのすき間《ま》から外《そと》を見《み》た光莉《ひかり》が、しょぼんと肩《かた》を落《お》とす。

「私《わたし》が乗《の》ったタクシー、追《お》いかけられちゃいそう……。」

「うん。そうなったら、会見会場《かいけんかいじょう》にたどりつけないかもしれないよね……。」

光莉《ひかり》を無事《ぶじ》に会場《かいじょう》に届《とど》けるには、もうこれしかない。

「光莉《ひかり》、入《い》れ替《か》わりしよう！」

私《わたし》の提案《ていあん》に、光莉《ひかり》は目《め》を見開《みひら》いた。

「えっ。入《い》れ替《か》わり？」

「うん。私《わたし》が光莉《ひかり》の姿《すがた》で記者《きしゃ》をひきつけるから、その隙《すき》に裏口《うらぐち》から出発《しゅっぱつ》して！」

「日向《ひなた》ちゃん……。ありがとう！」

これが、最後《さいご》の入《い》れ替《か》わりになるかもしれない。

（光莉《ひかり》の役《やく》に立《た》てるなら、なんだってするよ！）

私《わたし》と光莉《ひかり》は見《み》つめ合《あ》って、笑顔《えがお》でハイタッチをした。


その後《ご》、光莉《ひかり》と入《い》れ替《か》わった私《わたし》を乗《の》せたタクシーは、マンションを出発《しゅっぱつ》した。

記者《きしゃ》たちがそれを追《お》いかけている隙《すき》に、私《わたし》の姿《すがた》で別《べつ》のタクシーに乗《の》った光莉《ひかり》が、裏口《うらぐち》から出発《しゅっぱつ》！

光莉《ひかり》はまだスマホを返《かえ》してもらっていないから、無事《ぶじ》に着《つ》いたか知《し》ることができなくて心配《しんぱい》だけど……。

私《わたし》は三十分《ぷん》くらいタクシーであちこち走《はし》って、記者《きしゃ》たちを引《ひ》き離《はな》すことに成功《せいこう》した。

『光莉《ひかり》のヘアメイクが終《お》わったらしい。これから会場《かいじょう》に向《む》かうって連絡《れんらく》がきた。日向《ひなた》はだいじょうぶか？』

「うん！　今《いま》、家《いえ》に帰《かえ》ってきたところだよ。」

リビングのテレビをつけて、変装《へんそう》を解《と》く。

壱弥《いちや》とテレビ通話《つうわ》をしたまま、いっしょに会見《かいけん》のスタートを待《ま》った。

# 15　まさかの乱入《らんにゅう》！【side《サイド》諒《りょう》】

広《ひろ》い会場《かいじょう》に、大勢《おおぜい》の記者《きしゃ》やカメラマンが集《あつ》まっている。

目《め》の前《まえ》のテーブルには、たくさんのマイクとボイスレコーダー。

お世話《せわ》になってるスタイリストさんが選《えら》んでくれたのは、シンプルな紺色《こんいろ》のスーツ。

（あー……。これ、テレビでよく見《み》る謝罪会見《しゃざいかいけん》そのものだ。）

それもそのはず。今《いま》から俺《おれ》は、ここで謝罪《しゃざい》をする。

『いいか。誠意《せいい》ある行動《こうどう》と態度《たいど》で、視覚的《しかくてき》・聴覚的《ちょうかくてき》に記者《きしゃ》や視聴者《しちょうしゃ》にうったえて、事務所《じむしょ》の信頼回復《しんらいかいふく》につなげろ。』

それが親父《おやじ》から課《か》せられた使命《しめい》。

だけど、ぶっちゃけそんなのどうでもいい。

俺《おれ》は、また光莉《ひかり》の笑顔《えがお》が見《み》たくてここに立《た》ってる。

（ごめん、光莉《ひかり》。こんなことになっちゃって。）

光莉《ひかり》とカレカノになれて、幸《しあわ》せだった。
自分《じぶん》の立場《たちば》とか、事務所《じむしょ》のこととか、ぜんぶ吹《ふ》き飛《と》ぶくらい楽《たの》しかった。
でも、本当《ほんとう》に光莉《ひかり》のことを思《おも》うなら、好《す》きって気持《きも》ちを伝《つた》えるべきじゃなかったんだ。
みんなのアイドル光莉《ひかり》を、独《ひと》り占《じ》めしちゃいけなかった。
『次期社長《じきしゃちょう》として、責任《せきにん》を取《と》ってこい。』って、親父《おやじ》も相変《あいか》わらず鬼《おに》だな。
中学生《ちゅうがくせい》にひとりで謝罪会見《しゃざいかいけん》させるとか、どうなってんだよ。
（親父《おやじ》は俺《おれ》のこと、道具《どうぐ》としか思《おも》ってないからな……。）
会社《かいしゃ》を……『ギャラクシー』を、芸能事務所《げいのうじむしょ》として大《おお》きくすることしか考《かんが》えてない。
壱弥《いちや》にも迷惑《めいわく》かけちゃったな。日向《ひなた》ちゃんにも謝《あやま》りたい。
でも、俺《おれ》はもう、光莉《ひかり》にも壱弥《いちや》にも日向《ひなた》ちゃんにも会《あ》えない。
この会見《かいけん》が終《お》わったら、空港《くうこう》に直行《ちょっこう》。
芸能界《げいのうかい》を引退《いんたい》してしばらく海外《かいがい》で経営《けいえい》でも勉強《べんきょう》してこいって、本当《ほんとう》に勝手《かって》な親《おや》だよ。
はぁ……。早《はや》く大人《おとな》になりたい。
大人《おとな》になって、光莉《ひかり》を迎《むか》えに行《い》けたらいいのに。

（いつかこの会社《かいしゃ》を乗《の》っ取《と》ってやる。で、タレントを大切《たいせつ》にするいい芸能事務所《げいのうじむしょ》にするんだ。俺《おれ》は力《ちから》をつけて、必《かなら》ず戻《もど》ってくるから。光莉《ひかり》は今《いま》までどおり、笑顔《えがお》でいてほしい。）

だから……。

（光莉《ひかり》、ごめん。しばらくお別《わか》れだ……。）

光莉《ひかり》の笑顔《えがお》を守《まも》れるなら、俺《おれ》はなんだってやるよ。

ぐっとこぶしを握《にぎ》りしめて、まっすぐ前《まえ》を見据《みす》えた。

「このたびは、僕《ぼく》と光莉《ひかり》さんの熱愛報道《ねつあいほうどう》に関《かん》してお騒《さわ》がせしてしまい申《もう》し訳《わけ》ありません。」

深々《ふかぶか》と頭《あたま》を下《さ》げると、カメラのフラッシュが光《ひか》り、シャッター音《おん》がいくつも響《ひび》いた。

「今回《こんかい》の件《けん》、すべての責任《せきにん》は僕《ぼく》にあります。責任《せきにん》を取《と》って、僕《ぼく》は芸能界《げいのうかい》を引退《いんたい》……。」

「ちょっと待《ま》って～～！」

え……。

聞《き》こえるはずのない声《こえ》が……大好《だいす》きな声《こえ》が会場《かいじょう》に響《ひび》いた。

（まさか……。そんなわけない。）

いきおいよく声《こえ》のする方向《ほうこう》を見《み》ると……。

近《ちか》くの入《い》り口《ぐち》から、光莉《ひかり》が飛《と》びこんできた!

「ひ、光莉《ひかり》……!?」

うそだろ……。

ナツさんは? 光莉《ひかり》のお母《かあ》さんは?

まさか、単身《たんしん》でのりこんでくるなんて。

(そんな危険《きけん》をおかしてまで、ここに来《き》ちゃダメだよ。これじゃ、光莉《ひかり》を守《まも》れない!)

光莉《ひかり》がなにをしに来《き》たのか見当《けんとう》がつかなくて。焦《あせ》りすぎて頭《あたま》の中《なか》が真《ま》っ白《しろ》……。

会場中《かいじょうじゅう》の記者《きしゃ》とカメラが大注目《だいちゅうもく》するなか、光莉《ひかり》はつかつかと俺《おれ》に近《ちか》づいてくる。

そして、マイクをいきおいよく手《て》に取《と》った。

「みんなにうそをつきたくないから、正直《しょうじき》に言《い》うね。私《わたし》、諒《りょう》くんが大好《だいす》き。」

「……っ⁉」

ひ、光莉《ひかり》……？　なに言《い》ってるの⁉

会場中《かいじょうじゅう》がざわつくなか、光莉《ひかり》が続《つづ》ける。

「でも、みんなのことも大好《だいす》き。アイドルやめようと思《おも》ったけど、やめられなかった。だって、まだまだみんなに会《あ》いたいから！　二兎《にと》を追《お》う者《もの》は一兎《いっと》をも得《え》ずっていうけど、私《わたし》はどっちも追《お》いたいんだ。私《わたし》、欲張《よくば》りなの！」

天使《てんし》のような笑顔《えがお》で、パチンとウインクをした光莉《ひかり》に、記者《きしゃ》もカメラマンもぽわ〜んとなってる。

ふーっと息《いき》を吐《は》いた光莉《ひかり》が、真剣《しんけん》な表情《ひょうじょう》になった。

「嫌《きら》われないように生《い》きてると、たしかに嫌《きら》われないんだけど……。そんなあたりさわりなく生《い》きてる自分《じぶん》のこと、私《わたし》は好《す》きになれないの。嫌《きら》われても自分《じぶん》らしく生《い》きたいし、うそのない自分《じぶん》でいたい。ワガママかな……？　でも……。諒《りょう》くんのことが大好《だいす》きな私《わたし》も、応援《おうえん》してもらいたいです！」

いきおいよく頭《あたま》を下《さ》げた光莉《ひかり》に、会場《かいじょう》がシーンと静《しず》まりかえる。

(この空気《くうき》、つらすぎる……。)

なんとかしようとマイクを持《も》った俺《おれ》を制《せい》するように、光莉《ひかり》がはじけるような笑顔《えがお》で会場《かいじょう》中《じゅう》を見渡《みわた》した。

「私《わたし》、もっともっとがんばるよ。『女《おんな》の子《こ》』ってことじゃなく、パフォーマンスを武器《ぶき》にできるように!」

わ……。これは……。

驚《おどろ》いたことに、会場中《かいじょうじゅう》から拍手《はくしゅ》が降《ふ》り注《そそ》いだ。

まるで、光莉《ひかり》のコンサート会場《かいじょう》みたい。

ここにいるみんなが、光莉《ひかり》に心《こころ》をわしづかみにされてる……!

(さすが、トップアイドル!)

俺《おれ》までジーンとして、思《おも》わず拍手《はくしゅ》をしてしまいそうになった。

「ということで、会見《かいけん》は終《お》わりです! 諒《りょう》くん、行《い》こ?」

「えっ。ええっ。光莉《ひかり》……!?」

ぐいぐいと腕《うで》を引《ひ》かれて、俺《おれ》は引《ひ》きずられたまま会場《かいじょう》から飛《と》びだす。

廊下《ろうか》を走《はし》りながら、光莉《ひかり》はペロッと舌《した》を出《だ》した。

「うふふ。謝罪会見《しゃざいかいけん》、うやむやにしちゃった♡」

「マズいよ。親父《おやじ》がどう出《で》るか……。」

「だって、諒《りょう》くんに引退《いんたい》してほしくなかったんだもん。それに、私《わたし》の前《まえ》からいなくなるつもりだったでしょ〜？」

「……それは……。」

「もうだいじょうぶだよ！　大好《だいす》き宣言《せんげん》したから、これからは堂々《どうどう》とラブラブできるよ♡」

「ええええ〜〜。」

おっとりさんに見《み》えて、意外《いがい》と強引《ごういん》で頑固《がんこ》なんだよな……。昔《むかし》から。

まぁ、そういうところが好《す》きなんだけど。

「諒《りょう》くんのこと、絶対幸《ぜったいしあわ》せにするって言《い》ったでしょ？」

「言《い》ったけど……。」

（そして、それ俺《おれ》のセリフ……って思《おも》ったけど。）

おっと。光莉《ひかり》が急《きゅう》に足《あし》を止《と》めたから、つんのめりそうになる。

立《た》ち止《ど》まったまま、光莉《ひかり》はうつむいてしまった。

「光莉《ひかり》……？」

顔《かお》を上《あ》げた光莉《ひかり》の目《め》から、ボロボロと大粒《おおつぶ》の涙《なみだ》が流《なが》れた。

「勝手《かって》なことしてごめんね。でも、どんなことがあっても、世界中《せかいじゅう》を敵《てき》に回《まわ》しても、私《わたし》は諒《りょう》くんといっしょにいたいの。いなくならないで。お願《ねが》い……。」

「光莉《ひかり》……。」

ぎゅっと抱《だ》きしめると、光莉《ひかり》は俺《おれ》にしがみついてわんわん泣《な》いた。

「俺《おれ》もだよ。俺《おれ》も、ずっと光莉《ひかり》といっしょにいたい。もういなくなろうとしないから。」

決《き》めた。もう親父《おやじ》の言《い》いなりになんてならない。

自分《じぶん》の気持《きも》ちを大切《たいせつ》にしよう。

（それが、光莉《ひかり》を大切《たいせつ》にすることにつながるって、ようやく気《き》づいた。）

とはいえ、親父《おやじ》のガチギレが怖《こわ》くないといえば、うそになるけど……。

（いや、これは、もしかすると……。）

会場《かいじょう》から聞《き》こえる鳴《な》りやまない拍手《はくしゅ》に、明《あか》るい未来《みらい》を感《かん》じた。

光莉《ひかり》をマンションに送《おく》り届《とど》けた俺《おれ》は、自宅《じたく》……ではなく、とある高級《こうきゅう》マンションの前《まえ》でタクシーを降《お》りた。

「……今日《きょう》だけだからな。」

状況《じょうきょう》を察《さっ》してくれたのか、壱弥《いちや》はしぶしぶスタジオの中《なか》に入《い》れてくれた。

「助《たす》かったよ〜。家《いえ》に帰《かえ》ったら、絶対親父《ぜったいおやじ》につめられる。」

「だろうな。」

壱弥《いちや》は無表情《むひょうじょう》でそう言《い》いながらも、俺《おれ》に紅茶《こうちゃ》を入《い》れてくれた。甘《あま》っ！

(砂糖《さとう》どんだけ入《い》れてんだよ。壱弥《いちや》なりの励《はげ》ましなんだろうけど。)

親父《おやじ》とケンカをして家出《いえで》するたびに、いつも塩《しお》な壱弥《いちや》がここに泊《と》めてくれるのは、俺《おれ》への同情《どうじょう》もあるんだと思《おも》う。

(お互《たが》い、困《こま》った親父《おやじ》に振《ふ》り回《まわ》されてるからな……。)

壱弥《いちや》がスマホをいじりながらつぶやく。

「あの会見《かいけん》、悪《わる》くなかった。会場《かいじょう》の雰囲気《ふんいき》も光莉《ひかり》にのまれてたし、SNS《エスエヌエス》でも追《お》い風《かぜ》が吹《ふ》いてる。ほら。」

壱弥《いちや》が突《つ》き出《だ》したスマホには、SNS《エスエヌエス》の投稿《とうこう》がいくつも見《み》えた。

**【高沢悠雅《たかざわゆうが》：恋愛《れんあい》をルールで禁止《きんし》するのはどうなんだろうな。恋愛《れんあい》は「感情《かんじょう》」だし、禁止《きんし》していい類《たぐ》いのものじゃないと思《おも》うけど】**

**【安西蘭《あんざいらん》：「女《おんな》の子《こ》」じゃなくパフォーマンスを武器《ぶき》に、ってとこには共感《きょうかん》するわ。アイドルも歌手《かしゅ》も、表現者《ひょうげんしゃ》はみんなそうであってほしい】**

**【りりあ：光莉《ひかり》ちゃん、かっこよかったー！　りりあはふたりを応援《おうえん》するよ！　りりあも、いつかたったひとりの王子様《おうじさま》に出会《であ》いたいな♡　それはあなたかも♡】**

うわあぁぁ。なんか、人気芸能人《にんきげいのうじん》たちが応援《おうえん》コメントをくれてる！

んん？　バズってるこの人《ひと》、誰《だれ》だろう。歌《うた》い手《て》？　新人声優《しんじんせいゆう》？

フォロワー数《すう》二十万人《まんにん》って、けっこうすごいな。

顔出《かおだ》ししないでいろいろやってる人《ひと》っぽいけど……。

**【Riku《リク》：推《お》しの熱愛報道《ねつあいほうどう》って、ファン（自分《じぶん》）より大切《たいせつ》な人《ひと》がいるって現実《げんじつ》を突《つ》きつ**

**けられるよね。でもさ、虚《むな》しい気持《きも》ちになるのはなにもおかしくないよ。祝福《しゅくふく》できるならそのほうがいいけど、できなくてもしょうがないって思《おも》う。それだけの熱量《ねつりょう》で推《お》してたんだから。でも、だからといって「プロ意識《いしき》が低《ひく》い」とか「裏切《うらぎ》り」って批判《ひはん》するのはちがうと思《おも》うんだ】**

そんな、俺《おれ》たちを擁護《ようご》する投稿《とうこう》に、たくさんの好意的《こういてき》な反応《はんのう》がついてる。

有名人《ゆうめいじん》たちの投稿《とうこう》のおかげで、流《なが》れが完全《かんぜん》に変《か》わっていた。

**【どんな光莉《ひかり》でも大好《だいす》き！】【会見感動《かいけんかんどう》して俺《おれ》の涙腺崩壊《るいせんほうかい》した】【大好《だいす》きな諒《りょう》くんのために乱入《らんにゅう》しちゃう光莉《ひかり》、かっこよかった！】【私《わたし》は変《か》わらず光莉《ひかり》を推《お》すわっ！】【自分《じぶん》は、推《お》しの幸《しあわ》せが一番《いちばん》のよろこび。だから、中学生《ちゅうがくせい》に対《たい》して大人《おとな》が厳《きび》しいコメントをしたり、常識《じょうしき》や倫理《りんり》を押《お》しつけたりするのは、ちがうんじゃないって思《おも》うし悲《かな》しくなる】**

ファンや芸能界《げいのうかい》のいろんな人《ひと》が、俺《おれ》たちに好意的《こういてき》な投稿《とうこう》をしてくれて、アンチの投稿《とうこう》はあっというまに流《なが》れていった。

（みんな、ありがとう……。光莉《ひかり》にも見《み》せたい。）

早《はや》く大人《おとな》になりたいって思《おも》ったけど、今《いま》は今《いま》で、捨《す》てたもんじゃないかも。

今《いま》、できることがまだまだあるから……ていうか、今《いま》しかできないこともきっとあるだろうから、今《いま》を大切《たいせつ》にして、明日《あした》からまたがんばろうかな。

(光莉《ひかり》がいれば、俺《おれ》もがんばれるよ。)

みんなのあたたかいコメントを見《み》て、うるうるしている俺《おれ》の手《て》から、するりとスマホが抜《ぬ》き取《と》られた。

安心《あんしん》したように口元《くちもと》をゆるめた壱弥《いちや》が、すぐにムスッとした顔《かお》になる。

「明日《あした》は早朝《そうちょう》に帰《かえ》れよ。なんの日《ひ》だと思《おも》ってんだよ。」

「明日《あした》？　壱弥《いちや》は仕事《しごと》も休《やす》みなんだろ？　いいじゃん。昼《ひる》までゆっくりさせてよ。」

「は？　ダメに決《き》まってんだろ。8時《じ》には出《で》ていけ。」

「マジか〜。明日《あした》、なにがあるんだよ。あ、三月《がつ》十四日《か》か！　ホワイトデーじゃん！」

はは〜ん。キッチンから甘《あま》いにおいがただよってくるのはそのためか。

デートか？　デートなのか〜？

「日向《ひなた》ちゃん、来《く》るの？」

「来《く》る。」

「へぇ～。手作《てづく》りしてるんだ～。味見《あじみ》してやろうか？」

「しなくていい。てか、キッチンに近《ちか》づくな。絶対《ぜったい》に食《く》うなよ。」

あはは。日向《ひなた》ちゃんのことになるとすげー必死《ひっし》になるな。

「諒《りょう》は？　光莉《ひかり》と会《あ》わないのか？」

「俺《おれ》たちは、ホワイトデーウィークだから、一週間《しゅうかん》のうちのどこかで会《あ》うんだよね。」

「あっそ。まぁ、借《か》りは返《かえ》したからな。どっか遠《とお》くでいちゃついとけ。」

「やっぱり、光莉《ひかり》に協力《きょうりょく》してくれたの壱弥《いちや》だったんだね。ありがとう。」

フッと鼻《はな》で笑《わら》って、壱弥《いちや》は自宅《じたく》に帰《かえ》っていった。

壱弥《いちや》には感謝《かんしゃ》しかない。出会《であ》いは最悪《さいあく》だったけど。

とりあえず、今日《きょう》は久《ひさ》しぶりにゆっくり眠《ねむ》れそうだ。

光莉《ひかり》からの『スマホ、戻《もど》ってきたよ～♡』のメッセージに返事《へんじ》をして、俺《おれ》は物置部屋《ものおきべや》のベッドに寝《ね》っ転《ころ》がった。

# 16 騒動《そうどう》明《あ》けのホワイトデー

オーディションの最終審査《さいしゅうしんさ》と諒《りょう》くんの謝罪会見《しゃざいかいけん》で、とんでもなくバタバタした翌日《よくじつ》。

光莉《ひかり》が乱入《らんにゅう》した会見《かいけん》の一部始終《いちぶしじゅう》が動画《どうが》で拡散《かくさん》され、芸能界《げいのうかい》で活躍《かつやく》してるたくさんの人《ひと》が
ふたりを擁護《ようご》する投稿《とうこう》をしてくれた。

なんと、ふたりは公認《こうにん》カップル！　……的《てき》な空気感《くうきかん》になっている。

そのおかげか、諒《りょう》くんは引退《いんたい》を撤回《てっかい》。光莉《ひかり》は大復活《だいふっかつ》！

私《わたし》たちへのバッシングも落《お》ち着《つ》いて、心配事《しんぱいごと》が一気《いっき》になくなったよ。

それにね、オーディションが終《お》わって、審査員《しんさいん》とオーディション参加者《さんかしゃ》の関係《かんけい》も終了《しゅうりょう》。

やっと壱弥《いちや》に会《あ》えるんだ！

とはいえ、次《つぎ》の熱愛《ねつあい》スクープを狙《ねら》ってる人《ひと》がいるかもしれないから、気《き》をつけなくちゃ。

約束《やくそく》していた水族館《すいぞくかん》デートは春休《はるやす》みのお楽《たの》しみにして、今日《きょう》は朝《あさ》から壱弥《いちや》のスタジオ

で、ホワイトデーのデートをすることになったの。

とってもラッキーなことに、開校記念日《かいこうきねんび》で学校《がっこう》が休《やす》みなんだ。

「わぁ……！　きれい！」

スタジオのリビングに、私《わたし》の歓声《かんせい》が響《ひび》いた。

壱弥《いちや》からのバレンタインのお返《かえ》しは、北欧《ほくおう》のジャムクッキー『ハッロングロットル』！

バターたっぷりの生地《きじ》の真《ま》ん中《なか》に、ジャムがたっぷりつまってる。

宝石《ほうせき》みたいでとってもかわいいよ！

「壱弥《いちや》が作《つく》ってくれたの？」

「ああ。」

「おいしい！　ストロベリージャムのも、ラズベリージャムのもおいしいよ！」

うれしすぎるし、幸《しあわ》せすぎて、大感動《だいかんどう》しちゃった。

ちょっぴりドヤ顔《がお》の壱弥《いちや》がかっこよすぎて、爆発《ばくはつ》しそう。

(落《お》ち着《つ》け、私《わたし》！　久《ひさ》しぶりに壱弥《いちや》とゆっくり会《あ》えるからって、興奮《こうふん》しすぎだよ。)

上《あ》がりっぱなしのテンションをぐっと抑《おさ》えて、私《わたし》は壱弥《いちや》を見《み》つめた。

「壱弥《いちや》、ありがとう。」

「どういたしまして。じゃあ、あの約束《やくそく》、お願《ねが》い。」

「えっ！」

それって、それって……。VR空間《ブイアールくうかん》で約束《やくそく》したハグのこと!?

オーディションが終《お》わったら、リアルで私《わたし》が壱弥《いちや》にぎゅってする……って。

（うわわわっ。）

ひそかに楽《たの》しみにしていたくせに、いよいよとなると、ぶわっと顔《かお》が熱《あつ》くなっちゃった。

「ずっと楽《たの》しみにしてたんだけど。」

「わ、私《わたし》もだよ。で、でも、なんか恐《おそ》れ多《おお》くて……。」

「なんでだよ。今日《きょう》は事務所《じむしょ》の先輩《せんぱい》と後輩《こうはい》じゃないし、俺《おれ》はもう審査員《しんさいん》じゃない。」

「だ、だよね。」

「それに、俺《おれ》がぎゅってしてほしいのは、世界《せかい》で日向《ひなた》ひとりだけだよ。」

「……っ。」

クッキーより甘《あま》い言葉《ことば》をもらっちゃった！

「私《わたし》も、そうだよ。」

「じゃあ、ほら。おいで。」

はわわわ……！　壱弥《いちや》が、両手《りょうて》を広《ひろ》げて待《ま》ってる……！

しかも、「おいで。」って……。

致死量《ちしりょう》のキュンで尊死不可避《とうとしふかひ》だよー！

（はっ……！）

あまりの尊《とうと》さに失神《しっしん》しかけてる場合《ばあい》じゃない。やっとやっと会《あ》えたんだ。

オーディションを突破《とっぱ》して、『ｋｉｒａ《キラ》ーｋｉｒａ《キラ》』になって、ここに戻《もど》ってきたい。

その一心《いっしん》でがんばってきた。ずっとこの瞬間《しゅんかん》を待《ま》ってたんだ。

「うん！」

私《わたし》は思《おも》いきって壱弥《いちや》の腕《うで》の中《なか》に飛《と》びこんで、ぎゅーっと抱《だ》きしめた。

「やっと戻《もど》ってこられた……。」

思《おも》わずつぶやいてしまったら、壱弥《いちや》も私《わたし》をぎゅーっと抱《だ》きしめながら、ふふっと笑《わら》った。

「おかえり。」

「た、ただいま。」

ああ、もう。キュン死《し》してしまいそう。

でも……。本当《ほんとう》に戻《もど》ってこられたんだなって、うるうるしちゃうよ。

「合格《ごうかく》おめでとう。面談《めんだん》、ちょっとヤバかった。一生懸命《いっしょうけんめい》想《おも》いを伝《つた》えてる日向《ひなた》を見《み》てたら、思《おも》いっきり抱《だ》きしめたくなって。」

「ええっ。」

「審査員《しんさいん》の顔《かお》してるの、すげー大変《たいへん》だったんだからな。今《いま》までで一番難《いちばんむずか》しい演技《えんぎ》だった。」

「ご、ごめん。」

「そのくらい心揺《こころゆ》さぶられたってこと。でも、審査《しんさ》はちゃんと公平《こうへい》にした。日向《ひなた》をひいきはしてない。その結果《けっか》だから、胸張《むねは》って『ｋｉｒａ－ｋｉｒａ《キラキラ》』を名乗《なの》ったらいいよ。」

「……っ。ありがとう。」

壱弥《いちや》が不正《ふせい》やひいきをしないって、わかってるよ。

そんなまっすぐで誠実《せいじつ》なところも、大好《だいす》きだから。

「まだ実感《じっかん》がなくて……。私《わたし》、本当《ほんとう》に『ｋｉｒａ－ｋｉｒａ《キラキラ》』のメンバーになれたのかなって。なんだか不思議《ふしぎ》なんだ。」

「これから徐々《じょじょ》に実感《じっかん》していくさ。明日《あした》から、ガラッと生活《せいかつ》が変《か》わるだろうな。」

「ちょっと不安《ふあん》だけど、がんばるよ。」

「ああ。日向《ひなた》はトップアイドルになるんだろ？」

「うん！　次《つぎ》の目標《もくひょう》は、壱弥《いちや》や光莉《ひかり》みたいなトップアイドルになることだよ。」

トップアイドルになったら、私《わたし》を壱弥《いちや》の彼女《かのじょ》にしてくれる？

なんて、図々《ずうずう》しくて言《い》えそうにないよ。

（いつか言《い》えたらいいな。）

そんなことを考《かんが》えていたら、壱弥《いちや》が私《わたし》の顔《かお》をのぞきこんだ。

「日向《ひなた》。春《はる》から、ステラ学園《がくえん》に来《こ》ないか？」

「えっ。私《わたし》が、ステラ学園《がくえん》に？」

突然《とつぜん》の思《おも》いがけないお誘《さそ》いに、動揺《どうよう》しちゃう。

「『ｋｉｒａ《キラ》‐ｋｉｒａ《キラ》』としてアイドルデビューするってことは、日向《ひなた》もれっきとした芸能人《げいのうじん》だ。ステラ学園《がくえん》の芸能《げいのう》コースに編入《へんにゅう》する資格《しかく》があるから。」

「私《わたし》も、ステラ学園《がくえん》の芸能《げいのう》コースに通《かよ》えるんだ……。」

光莉《ひかり》といっしょに通《かよ》えるのも、壱弥《いちや》がいる学校《がっこう》に『日向《ひなた》』として通《かよ》えるのも、とってもうれしい！

でも……。

あーちゃんや奈子《なこ》や陸《りく》の顔《かお》が浮《う》かんできて、なんだかさみしくなっちゃった。

そんな私《わたし》の気持《きも》ちを察《さっ》したのか、壱弥《いちや》はやさしく笑《わら》った。

「まぁ、俺《おれ》がいっしょの学校《がっこう》に行《い》きたいだけだから。あーちゃんと離《はな》れるのさみしいだろうし……。忘《わす》れて。」

「……ごめん。」

「まずは週末《しゅうまつ》、楽《たの》しもうな。」

「うん！　がんばるよ！」

今度《こんど》の日曜日《にちようび》、なんと壱弥《いちや》のコンサートで『kira-kira《キラキラ》』のお披露目《ひろめ》をしてもらえることになったの。

信《しん》じられないような急展開《きゅうてんかい》に、わくわくとドキドキで今《いま》から緊張《きんちょう》している。

（アイドルになれたんだって、ようやくじわじわ実感《じっかん》してきたよ。）


そのあと、壱弥《いちや》が作《つく》ってくれたランチをいっしょに食《た》べた。

エプロン姿《すがた》の壱弥《いちや》がかっこよくて、料理《りょうり》もおいしくて、最高《さいこう》に幸《しあわ》せなホワイトデー。

来年《らいねん》も、幸《しあわ》せなホワイトデーを過《す》ごせますように。

壱弥《いちや》といっしょにいられますように。

そっとそう願《ねが》って。

会《あ》えなかった日々《ひび》をうめるように、私《わたし》たちはたくさんお話《はな》しして、たくさん笑《わら》った。

# 17 初舞台《はつぶたい》！

ホワイトデーの翌日《よくじつ》から、私《わたし》とミーナと愛梨《あいり》の生活《せいかつ》は、ガラッと変《か》わった。

『kira《キラ》-kira《キラ》』のお仕事《しごと》が始《はじ》まったんだ。

取材《しゅざい》を受《う》けたり、雑誌《ざっし》の撮影《さつえい》、ラジオ出演《しゅつえん》、歌《うた》とダンスのレッスンも！

一日《いちにち》にたくさんスケジュールがつまっていて、くったくた。

『これから徐々《じょじょ》に実感《じっかん》していくさ。明日《あした》から、ガラッと生活《せいかつ》が変《か》わるだろうな。』

壱弥《いちや》の言葉《ことば》の意味《いみ》が、よくわかったよ。

「まぁ、これはいわゆる『デビューブースト』ですね。話題《わだい》にしてもらえるうちが華《はな》です。大変《たいへん》ですけどがんばりましょう。ここで知名度《ちめいど》を上《あ》げておかないと、あっというまに消《き》えてしまいますから……。」

元天才子役《もとてんさいこやく》で芸能界《げいのうかい》の大先輩《だいせんぱい》、愛梨《あいり》の恐《おそ》ろしい言葉《ことば》に、私《わたし》とミーナはへろへろになりながらも必死《ひっし》でがんばった。

そうして、最終審査《さいしゅうしんさ》から一週間《しゅうかん》が経《た》った日曜日《にちようび》。

私《わたし》と愛梨《あいり》とミーナは、巨大《きょだい》なドーム会場《かいじょう》の舞台袖《ぶたいそで》にいた。

これから、壱弥《いちや》のコンサートが始《はじ》まるんだ！

壱弥《いちや》が私《わたし》たちを紹介《しょうかい》してくれて、デビュー曲《きょく》も歌《うた》わせてもらえる。

今日《きょう》は、私《わたし》たちの初舞台《はつぶたい》。

こんなすごいステージが初舞台《はつぶたい》だなんて、ありがたいし大感動《だいかんどう》！

……なんだけど……。

「満席《まんせき》だね……。」

私《わたし》のつぶやきに、愛梨《あいり》とミーナがごくりと息《いき》をのむ。

「ドームの客席《きゃくせき》がうまるなんて、さすがトップスターのコンサートですね……。」

「チケットが秒《びょう》で売《う》り切《き》れちゃうわけだ……。」

「私《わたし》たちの出番《でばん》は、オープニング。万《まん》が一《いち》、失敗《しっぱい》してしまったら……。」

「成瀬《なるせ》さんのコンサートをめちゃくちゃにしてしまうよね……。」

「この巨大《きょだい》なドームをうめつくしている五万《まん》五千人《にん》ものファンからの大《だい》ブーイングが！」

「成瀬《なるせ》さんに大迷惑《だいめいわく》をかけてしまって、そのうえ大炎上《だいえんじょう》……。」

「『kira《キラ》-kira《キラ》』はデビューと同時《どうじ》に消《き》えて、私《わたし》たちはアイドル終了《しゅうりょう》……。」

「「「……………」」」

どこまでも広《ひろ》がる悪《わる》い想像《そうぞう》に、私《わたし》たちはズーンと落《お》ちこんで絶句《ぜっく》する。

愛梨《あいり》はまだキラキラアイドルモードになりきれていない。

（困《こま》った。みんな、緊張《きんちょう》でどんどんネガティブになってる。）

私《わたし》たちは、舞台袖《ぶたいそで》でガッチガチに固《かた》まってしまっていた。

とんでもなく広《ひろ》い会場《かいじょう》とたくさんのお客《きゃく》さんに、完全《かんぜん》にビビってしまったんだ。

愛梨《あいり》は芸歴《げいれき》が長《なが》いけど、素《す》はネガティブ。ミーナはクールで、私《わたし》はご覧《らん》のとおり……。

（『kira《キラ》-kira《キラ》』には、誰《だれ》もテンションが高《たか》い人《ひと》がいない……！）

普段《ふだん》は、一つお姉《ねえ》さんのミーナが、私《わたし》たちをまとめてくれている。

だから『kira《キラ》-kira《キラ》』のリーダーとセンターはミーナに決《き》まったんだ。

でも、今日《きょう》のミーナは極度《きょくど》の緊張《きんちょう》のせいか、いつも以上《いじょう》に口数《くちかず》が少《すく》ない。

「あと五分《ふん》でオープニングです！」

スタッフさんの言葉《ことば》に、私《わたし》たちは「ひぃぃ。」と顔《かお》をこわばらせた。

（どうしようー！　五分後《ふんご》に始《はじ》まってしまう！）

壱弥《いちや》に迷惑《めいわく》だけはかけたくない！

オロオロしていたら、くすっと笑《わら》う声《こえ》が聞《き》こえた。

「緊張《きんちょう》してるの？」

この声《こえ》は……。

はじかれたように振《ふ》り向《む》くと、キラキラ王子様衣装《おうじさまいしょう》の尊《とうと》すぎる壱弥《いちや》がほほ笑《え》んでいた。

（はわわ～！　今回《こんかい》の衣装《いしょう》も最高《さいこう》にかっこいい！　こんな近《ちか》くで見《み》られるなんて眼福《がんぷく》！）

思《おも》わず目《め》がハートになってしまいそうになって、ハッとわれに返《かえ》る。

「す、すみません。こんな大《おお》きな会場《かいじょう》で、足《あし》がすくんでしまって……。」

おずおずとミーナが答《こた》えると、壱弥《いちや》はやさしい顔《かお》でうなずいた。

「だいじょうぶ。キミたちは、たくさんの試練《しれん》を乗《の》り越《こ》えてここに立《た》ってる。僕《ぼく》からのご褒美《ほうび》だと思《おも》って楽《たの》しんで。」

ご褒美《ほうび》……。壱弥《いちや》からの、ご褒美《ほうび》……。

（ありがたき……幸《しあわ》せ。）

最高《さいこう》にうれしい言葉《ことば》に、じわじわと感動《かんどう》が押《お》し寄《よ》せてきた。

ミーナと愛梨《あいり》の目《め》も輝《かがや》いている。

「衣装《いしょう》もとっても似合《にあ》ってるよ。」

「あ、ありがとうございます。私《わたし》たちも気《き》に入《い》っていて……。」

ミーナの言葉《ことば》どおり、私《わたし》たちはこの衣装《いしょう》が大好《だいす》き。

初舞台《はつぶたい》のために用意《ようい》された衣装《いしょう》は、まるでバレエの衣装《いしょう》やウエディングドレスのような、真《ま》っ白《しろ》なミニドレス。

レースとフリルがたくさんついた、とってもかわいいデザインなんだ！

私《わたし》と愛梨《あいり》もうなずくと、壱弥《いちや》はにっこりと笑《わら》った。

「よかった。実《じつ》はその衣装《いしょう》、光莉《ひかり》からのプレゼントなんだよ。」

「「えっ！」」

知《し》らなかったよ……！　光莉《ひかり》はなにも言《い》ってなかった。いったいどうして？

「スキャンダルで番組《ばんぐみ》に迷惑《めいわく》をかけたから、おわびに『ｋｉｒａ《キラ》－ｋｉｒａ《キラ》』の初舞台用《はつぶたいよう》の衣装《いしょう》をプレゼントさせてほしいって、光莉《ひかり》から申《もう》し出《で》があったんだ。」

ミーナと愛梨《あいり》に、「私《わたし》も知《し》らなかったよ。」と首《くび》を横《よこ》に振《ふ》る。

「光莉《ひかり》がデザインを手《て》がけるブランドが話題《わだい》になってるけど、これが第《だい》一号《ごう》だって言《い》ってたよ。あと、純白《じゅんぱく》のドレスは、新《あたら》しいスタートを意味《いみ》するんだって。」

パチンとウインクをした壱弥《いちや》が、スタッフさんから手渡《てわた》されたマイクを持《も》つ。

「じゃあ、ステージで待《ま》ってるよ。初舞台《はつぶたい》にふさわしい衣装《いしょう》で、思《おも》いっきり楽《たの》しんで！」

私《わたし》たちがしっかりうなずくのを見《み》て、壱弥《いちや》はまばゆいステージへと飛《と》び出《だ》していった。

「これ、光莉《ひかり》がプレゼントしてくれた衣装《いしょう》なんですね……。感動《かんどう》です……。」

愛梨《あいり》のつぶやきに、ミーナがうなずく。

私《わたし》も胸《むね》がいっぱいだよ。

お正月《しょうがつ》に、光莉《ひかり》がうれしそうに言《い》ってた。服《ふく》のデザインが好《す》きだと気《き》づいたって。

今年《ことし》は、服《ふく》のデザインやプロデュースもさせてもらえそうって。

（これが、その第《だい》一号《ごう》なんだね。光莉《ひかり》にとっても新《あたら》しいスタートなんだ……。）

そう思《おも》ったら、感慨深《かんがいぶか》くてうるっときてしまった。

ステージでは、壱弥《いちや》がたくさんの歓声《かんせい》と拍手《はくしゅ》を浴《あ》びている。

（やっぱりすごいな、壱弥《いちや》は……。）

私《わたし》がひそかにＤＶＤ《ディーブイディー》で推《お》し活《かつ》をしていた、あこがれのコンサート。

そのステージに、壱弥《いちや》の後輩《こうはい》アイドルとして立《た》つことも、壱弥《いちや》が作曲《さっきょく》した歌《うた》を披露《ひろう》させてもらえることも、まだ信《しん》じられない。

（まさか、夢《ゆめ》じゃないよね……？）

最初《さいしょ》に光莉《ひかり》と入《い》れ替《か》わったときから、ずっと夢《ゆめ》を見《み》てる……なんてオチ、ないよね？

「夢《ゆめ》じゃないよ、日向《ひなた》。」

「私《わたし》たち、夢《ゆめ》を叶《かな》えたんだよ！」

思《おも》わずほっぺをつねっていたら、ミーナと愛梨《あいり》に笑《わら》われちゃった。

「ふふっ。日向《ひなた》のおかげでだいぶ緊張《きんちょう》がとけたわ。」

「ですね。そろそろ本気《ほんき》を出《だ》します。」

ミーナと愛梨《あいり》が輝《かがや》きを取《と》り戻《もど》して、キラキラしてる！

（そうだよね。）

壱弥《いちや》が作曲《さっきょく》した歌《うた》、光莉《ひかり》がデザインした衣装《いしょう》、それにいっしょにオーディションを戦《たたか》い抜《ぬ》いてここまで来《き》た、ミーナと愛梨《あいり》。

（怖《こわ》いものなんてない……！　楽《たの》しんじゃおう！）

オーディション参加者《さんかしゃ》みんなの分《ぶん》もがんばろう！　と、三人《にん》で気合《きあい》を入《い》れたそのとき。

「今日《きょう》は、みんなに紹介《しょうかい》したい子《こ》たちがいるんだ。」

ステージからそんな言葉《ことば》が聞《き》こえてきて、会場中《かいじょうじゅう》から拍手《はくしゅ》がわき起《お》こった。

「みんな、見《み》てくれた？　僕《ぼく》が特別審査員《とくべつしんさいん》をさせてもらった、エストレラプロダクション、ガールズグループオーディション！」

壱弥《いちや》のＭＣ《エムシー》に、会場《かいじょう》から『ｋｉｒａ《キラ》－ｋｉｒａ《キラ》』コールが！

（わぁ……。みんなが、私《わたし》たちのことを呼《よ》んでくれてる……！）

「うれしいな。僕《ぼく》が初《はじ》めて作曲《さっきょく》させてもらった歌《うた》、彼女《かのじょ》たちがステキに歌《うた》い上《あ》げてくれるから、応援《おうえん》してね！　じゃあ、いっしょに呼《よ》んで？　せーの！」

「「『ｋｉｒａ《キラ》－ｋｉｒａ《キラ》——！』」」

壱弥《いちや》とファンのみんなが私《わたし》たちを呼《よ》んでくれてる！

顔《かお》を見合《みあ》わせて、笑顔《えがお》でうなずき合《あ》う。
デビュー曲《きょく》のイントロが流《なが》れるなか、三人《にん》いっしょに舞台《ぶたい》に飛《と》び出《だ》した！
（うわぁ……。すごい！）
ぶわっと全身《ぜんしん》に鳥肌《とりはだ》が立《た》った。
アリーナ席《せき》、一階《かい》スタンド席《せき》、バルコニー席《せき》、二階《かい》スタンド席《せき》、どこも満席《まんせき》。
五万《まん》五千人《にん》が振《ふ》るペンライトは、満天《まんてん》の星《ほし》みたいにキラキラ輝《かがや》いている。
（これが、壱弥《いちや》が見《み》てる景色《けしき》。トップアイドルの眺望《ちょうぼう》なんだ……！）
まばゆい光《ひかり》と大歓声《だいかんせい》を浴《あ》びて、私《わたし》たちは思《おも》いっきり歌《うた》っておどった。
（いつかまた、ここに立《た》ちたい……！）
私《わたし》、新《あら》たな目標《もくひょう》を見《み》つけたよ！

ミスなくステージを終《お》えた私《わたし》たちは、すぐに舞台袖《ぶたいそで》にはけた。
すごくすごく楽《たの》しくて、感動《かんどう》で胸《むね》がふるえっぱなしだった。
その後《ご》も、ずっと舞台袖《ぶたいそで》で見学《けんがく》させてもらったの。

（ここから見《み》る壱弥《いちや》も、最高《さいこう》にかっこいいよ……！）

大感動《だいかんどう》のまま、コンサートは終《お》わった。

「三人《にん》とも、キラキラしてたよ。初舞台《はつぶたい》、おめでとう。大成功《だいせいこう》だね。」

壱弥《いちや》にほめてもらえて、とってもうれしかったんだ。そして……。

「夢《ゆめ》を叶《かな》えた次《つぎ》は、夢《ゆめ》を与《あた》える番《ばん》だ。応援《おうえん》してるよ。」

壱弥《いちや》の言葉《ことば》に、私《わたし》たちは大《おお》きくうなずいた。

# 18 ライバル登場《とうじょう》!?

初舞台《はつぶたい》から数日後《すうじつご》、私《わたし》たち三人《にん》は事務所《じむしょ》に呼《よ》び出《だ》された。

学校帰《がっこうがえ》りに直行《ちょっこう》すると、会議室《かいぎしつ》にはミーナと愛梨《あいり》のほかに、社長《しゃちょう》と松田《まつだ》さん、『ｋｉ《キ》ｒａ《ラ》－ｋｉ《キ》ｒａ《ラ》』のマネージャーになった美鈴《みすず》さん。

そして壱弥《いちや》まで勢《せい》ぞろいしていた。

（なんだかすごいメンバーが集《あつ》まってる……。これからなにが起《お》こるんだろう。）

ドキドキしながらイスに座《すわ》ると、社長《しゃちょう》が口火《くちび》を切《き》った。

「先日《せんじつ》の初舞台《はつぶたい》、すごくよかったよ。観客《かんきゃく》も盛《も》り上《あ》がってたね。大成功《だいせいこう》だ。」

「「「ありがとうございます！」」」

「でも、わかってるとは思《おも》うけど、あれは壱弥《いちや》のおかげだ。次《つぎ》は自分《じぶん》たちで発表《はっぴょう》の場《ば》を得《え》なくてはいけない。」

社長《しゃちょう》の言葉《ことば》で一気《いっき》に目《め》が覚《さ》めた。

そうだよね。あんな大《おお》きなドームでコンサートをするのも、会場《かいじょう》を満席《まんせき》にするのも、あたりまえにできることじゃない。

トップアイドルの壱弥《いちや》だからできること。

むしろ、ほんの一握《ひとにぎ》りのトップアイドルしかできないことなんだ。

(私《わたし》たち新人《しんじん》アイドルが、あんなに大《おお》きなステージで単独《たんどく》コンサートをするなんて、夢《ゆめ》のまた夢《ゆめ》……ってことだ。)

ここ数日《すうじつ》、初舞台《はつぶたい》の感動《かんどう》と興奮《こうふん》で夢見心地《ゆめみごこち》だったけれど、勘違《かんちが》いしちゃダメだ。

「そこで、『ｋｉｒａ《キラ》－ｋｉｒａ《キラ》』の次《つぎ》の目標《もくひょう》として、ゴールデンウィークに開催《かいさい》されるアイドルフェス東京《とうきょう》に出演《しゅつえん》してもらう！」

「ええっ！　あのアイドルフェスですか⁉」

キラキラアイドルモードの愛梨《あいり》が驚《おどろ》きの声《こえ》を上《あ》げた。

それもそのはず。私《わたし》でも知《し》ってる、有名《ゆうめい》なフェスだ。

去年《きょねん》は壱弥《いちや》と光莉《ひかり》も出演《しゅつえん》していた。

「ああ、そうだ。今年《ことし》も壱弥《いちや》が出演《しゅつえん》する。まぁ、壱弥《いちや》はメインステージで、君《きみ》たちはその四分《ぶん》の一くらいの大《おお》きさのステージかな……。」

「でも、あのフェスに出演《しゅつえん》できるだけでもすごいことです。」

ミーナの言葉《ことば》に私《わたし》もうなずいた。

「ただ、『ｋｉｒａ－ｋｉｒａ《キラキラ》』の出演《しゅつえん》はまだ決《き》まってない。新人《しんじん》アイドル枠《わく》が残《のこ》り一つなんだ。その一枠《ひとわく》を勝《か》ち取《と》ってもらう！」

「「「ええっ。」」」

勝《か》ち取《と》るって……。どういうこと!?

「来月《らいげつ》、新人枠《しんじんわく》の公開《こうかい》オーディションがある。アイドルフェスのプロデューサーの前《まえ》で、パフォーマンスをする。たくさんの新人《しんじん》アイドルがエントリーしてるが、『ｋｉｒａ《キラ》－ｋｉｒａ《キラ》』のライバルと思《おも》われるのは一組《ひとくみ》だけ。ギャラクシー所属《しょぞく》のガールズグループ『ナチュリ』だ。」

またオーディション!?

というか、ギャラクシーって、光莉《ひかり》の事務所《じむしょ》だ！

「いいかい？　ギャラクシーにはさんざん迷惑《めいわく》をかけられてるからね。絶対《ぜったい》に勝《か》つんだよ？」

「「は、はい！」」

ううっ。社長《しゃちょう》の圧《あつ》がすごい……。

でも、負《ま》けるわけにはいかない。

私《わたし》たちの歌《うた》を聞《き》いてもらうステージは、自分《じぶん》たちでつかみ取《と》らなくちゃ！

気合《きあい》を入《い》れていたら、壱弥《いちや》のマネージャーの松田《まつだ》さんが口《くち》を開《ひら》いた。

「じゃ、さっそくライバルの偵察《ていさつ》に行《い》こうか。」

「偵察《ていさつ》って……。」

「これから壱弥《いちや》の歌番組《うたばんぐみ》の収録《しゅうろく》があるんだ。『ナチュリ』も出演《しゅつえん》するから、スタジオで見《けん》学《がく》したらいいよ。」

急展開《きゅうてんかい》すぎて戸惑《とまど》う私《わたし》たちに、壱弥《いちや》がにっこりほほ笑《え》んだ。

数時間後《すうじかんご》――……。

壱弥《いちや》に連《つ》れていってもらったテレビ局《きょく》のスタジオで、『ナチュリ』のパフォーマンスを見《み》た私《わたし》たちは、呆然《ぼうぜん》と立《た》ちつくしていた。

「……すごかった。あの人《ひと》たち、本当《ほんとう》に新人《しんじん》なの？」

「音楽番組《おんがくばんぐみ》にグループ単独《たんどく》で出《で》られるってことは、星《ほし》の数《かず》ほどいる新人《しんじん》アイドルの中《なか》で頭《あたま》一《ひと》つ抜《ぬ》けてるってことですね。」

苦々《にがにが》しい顔《かお》をしているミーナと愛梨《あいり》の横《よこ》で、私《わたし》はごくっと息《いき》をのんだ。

「あの人《ひと》たちと戦《たたか》うんだよね……。」

「「…………」」

実力《じつりょく》を見《み》せつけられて、黙《だま》りこんでしまった。

『ナチュリ』は、ダンスボーカルふたりとダンサー四人《にん》の六人組《にんぐみ》。

かっこいいとかわいいがミックスされていて、今《いま》まで見《み》たことがないような個性的《こせいてき》なグループだった。

ひとりひとりの実力《じつりょく》はもちろん、グループとしての完成度《かんせいど》も高《たか》い。

「星七瑠梨《ほしななるり》、月影蛍《つきかげほたる》、花崎遥香《はなざきはるか》、雨払優華《あまばらゆうか》、桜紅葉《さくらもみじ》、八雲心《やくもこころ》……って。メンバーの名前《なまえ》がみんなステキだし、いろいろと完成《かんせい》されてますね……。」

「ダンス、上手《じょうず》だった……。」

「歌《うた》もとっても……。」

「もう、しっかりしてくださいよ～！　落《お》ちこんでる場合《ばあい》じゃないですから！」

どんよりしている私《わたし》たちを、美鈴《みすず》さんが引《ひ》きずっていく。

テレビ局《きょく》の廊下《ろうか》を歩《ある》いていると……。

「あら～？　美鈴《みすず》じゃない～。」

「むっ。その声《こえ》はっ⁉」

振《ふ》り返《かえ》ると、美鈴《みすず》さんを見《み》てニヤニヤしてる女《おんな》の人《ひと》と、『ナチュリ』の六人《にん》！

「美鈴《みすず》が『ｋ《キ》ｉｒ《ラ》ａ－ｋ《キ》ｉｒ《ラ》ａ』のマネージャーになったって本当《ほんとう》だったのね。ポンコツなあんたに務《つと》まるかしら～？」

「余計《よけい》なお世話《せわ》だから！　性格極悪《せいかくごくあく》の弓佳《ゆみか》がマネージャーなんて、『ナチュリ』がかわいそうだわ～。」

「はぁ～⁉　ていうか、そちらには悪《わる》いけど、アイドルフェスにはうちの『ナチュリ』が出演《しゅつえん》させてもらうから。ふふん！」

「なに言《い》っちゃってるの～？　うちの『kira《キラ》-kira《キラ》』に決《き》まってるでしょーが！」

あわわ。マネージャー同士《どうし》のバチバチが始《はじ》まっちゃった！

美鈴《みすず》さん、『ナチュリ』のマネージャーさんと知《し》り合《あ》いなのかな。

ギャーギャー言《い》い合《あ》っているふたりの後《うし》ろで、私《わたし》たち三人《にん》と『ナチュリ』の六人《にん》がポカンと立《た》ちつくしている。

（……『ナチュリ』のみんな、近《ちか》くで見《み》たらさらに魅力的《みりょくてき》な子《こ》たちばかりで自信《じしん》なくしちゃうな……。）

なんというか、新人《しんじん》とは思《おも》えないくらい、みんなりんとしていてかっこいい。

トップアイドルになりそうなオーラがバシバシ出《で》てるよ。

収録中《しゅうろくちゅう》は全員《ぜんいん》キリッとしていて、クールなイメージだったんだけど、ステージを下《お》りても変《か》わらないみたい。

（これは強敵《きょうてき》すぎる……！）

近寄《ちかよ》りがたくて、つい身構《みがま》えてしまっていたら……。

「初《はじ》めまして。私《わたし》、『ナチュリ』の雨払優華《あまばらゆうか》っていいます！　オーディション番組《ばんぐみ》、すっごく感動《かんどう》しました！　お会《あ》いできてうれしいです！」

あれれ？　明《あか》るく話《はな》しかけてくれたのは、『ナチュリ』のダンスメンバーの子《こ》！

青《あお》と紫《むらさき》が交《ま》ざった色《いろ》の髪《かみ》を三《み》つ編《あ》みにして、流《なが》れ星《ぼし》のヘアピンをつけた子《こ》も、にっこりほほ笑《え》む。

「私《わたし》も毎回欠《まいかいか》かさず見《み》てました。壱弥《いちや》さん作曲《さっきょく》の歌《うた》もステキですよね。あ、私《わたし》は星七瑠梨《ほしななるり》です。『ナチュリ』でダンスボーカルしてます。よろしくお願《ねが》いします。」

「ダンス担当《たんとう》の桜紅葉《さくらもみじ》です。『くもみちゃん』って呼《よ》んでください！　ああっ！　光莉《ひかり》さんの妹《いもうと》さん！　超《ちょう》かわいい〜〜！　大《だい》ファンです！　神崎愛梨《かんざきあいり》さん、子役時代《こやくじだい》からあこがれてました！　ミーナさん、オーディションのダンス、激《げき》アツでした！　ビジュ最強《さいきょう》だしうらやましいです〜！」

「私《わたし》はダンスボーカル担当《たんとう》の、月影蛍《つきかげほたる》です。最終面談《さいしゅうめんだん》の日向《ひなた》さんの言葉《ことば》、共感《きょうかん》しました。がんばろうって思《おも》えました。ありがとうございます。」

「あの、急《きゅう》に話《はな》しかけてすみません。でも、どうしても伝《つた》えたくて……。私《わたし》も、オーディションをがんばるみなさんの姿《すがた》にたくさん元気《げんき》をもらいました。ありがとうございます。」

「この子《こ》はダンス担当《たんとう》の八雲心《やくもこころ》。私《わたし》は『ナチュリ』のリーダーでダンス担当《たんとう》の花崎遥香《はなざきはるか》。よろしくね！」


わわわわ〜！　六人《にん》みんなが気《き》さくに話《はな》しかけてくれた！

ライバルなのに、バチバチしてないどころかフレンドリーで、驚《おどろ》いちゃうよ。

（そういう作戦《さくせん》……？　ううん。そんな子《こ》たちじゃないよね。）

ちょっとだけ警戒《けいかい》してる私《わたし》たちに気《き》づいたのか、花崎《はなざき》さんはふふっと華《はな》やかに笑《わら》った。

「ステージの上《うえ》と雰囲気《ふんいき》がちがって驚《おどろ》かせてしまったかもしれないけど……。実《じつ》はこれが私《わたし》たちの素《す》なの！」

「そうそう。ステージ上《じょう》ではお仕事《しごと》モードっていうか、かっこつけてるだけ。ふふふ。」

「アイドルフェスでは、一枠《ひとわく》をかけて戦《たたか》わなくてはいけなくて、心苦《こころぐる》しいですが……。」

「困《こま》っちゃうよね〜。私《わたし》たちも出《で》たいし、『ｋｉｒａ－ｋｉｒａ《キラキラ》』さんのステージも見《み》たいし！」

星七《ほしなな》さんと月影《つきかげ》さんと、桜《さくら》さん……くもみちゃんが口々《くちぐち》に言《い》い、八雲《やくも》さんがうなずく。

ミーナが笑顔《えがお》でなにか言《い》いかけたそのとき、マネージャー同士《どうし》の口《くち》ゲンカが終《お》わったみたい。

「ふんっ！　勝《か》つのはナチュリだから！　行《い》くわよ！」

「「「「「「はい！」」」」」」

六人《にん》はマネージャーに連《つ》れられて、行《い》ってしまった。

「あっ。逃《に》げた！　大学《だいがく》のときからぜんぜん変《か》わらない。弓佳《ゆみか》ったらほんっとにイヤな人《ひと》なんだから！　あ、すみません。お見苦《みぐる》しいところをお見《み》せしちゃって。車《くるま》、まわしてきます～。」

そう言《い》うと、美鈴《みすず》さんもバタバタと階段《かいだん》を駆《か》け下《お》りていった。

ふと、遠《とお》ざかっていく『ナチュリ』の六人《にん》が、くるっと振《ふ》り向《む》いて。

『お互《たが》いがんばろう！』

ガッツポーズや手《て》を振《ふ》りながら、口《くち》のかたちでそう伝《つた》えてくれた。

私《わたし》たちも、笑顔《えがお》で手《て》を振《ふ》る。

「すっごくいい子《こ》たちだったね。」

「ですね。拍子抜《ひょうしぬ》けしちゃうくらいに。でも、戦《たたか》いたくないけど、負《ま》けるわけにはいかないですもんね……。」

「そうだよね。……とりあえず、練習《れんしゅう》、がんばろっか！」

ミーナと愛梨《あいり》の言葉《ことば》に、複雑《ふくざつ》な気持《きも》ちでうなずく。

アイドルデビューは、ゴールじゃなくてスタート。

わかってはいたけれど、前途多難《ぜんとたなん》……みたい。

（『ナチュリ』のみんなと、仲良《なかよ》くなれたらいいのに。）

そんな考《かんが》えは、甘《あま》いって怒《おこ》られちゃうかな。

できれば戦《たたか》いたくないけれど、そういうわけにもいかないんだよね。

初舞台《はつぶたい》のときの、壱弥《いちや》の言葉《ことば》を思《おも》い出《だ》す。

『夢《ゆめ》を叶《かな》えた次《つぎ》は、夢《ゆめ》を与《あた》える番《ばん》だ。応援《おうえん》してるよ。』

私《わたし》たちは、これから夢《ゆめ》を与《あた》える番《ばん》……なんだから。

（光莉《ひかり》も壱弥《いちや》も、たくさんのライバルたちと戦《たたか》ってきたのかな……。）

気《き》が重《おも》いけど、『ナチュリ』に勝《か》たなくちゃ。

# 19　新《あら》たなステージとお別《わか》れ

『ｋｉｒａ《キラ》ｰｋｉｒａ《キラ》』の活動《かつどう》は多忙《たぼう》を極《きわ》めていて、毎日《まいにち》が一瞬《いっしゅん》で過《す》ぎていく。

今日《きょう》は、旭ヶ丘中《あさひがおかちゅう》の修了式《しゅうりょうしき》。

（あっというまの一年《ねん》だったな……。）

光莉《ひかり》とは別《べつ》の中学校《ちゅうがっこう》に行《い》くって決《き》めたけれど、本当《ほんとう》はすごく心細《こころぼそ》くて。

そんな私《わたし》に、入学式《にゅうがくしき》の日《ひ》に声《こえ》をかけてくれたのがあーちゃんだった。

ひまわりみたいな笑顔《えがお》と明《あか》るさに、いつも救《すく》われていた。

あーちゃんに言《い》えてない秘密《ひみつ》がまだあって、心苦《こころぐる》しいけれど……。

いっしょに行《い》った、壱弥《いちや》のバースデーイベントのコンサートは、最高《さいこう》に楽《たの》しかったな。

クラスの女王様《じょおうさま》の奈子《なこ》には、いつもいろいろ言《い》われたけれど、いつのまにか、頼《たの》もしい仲間《なかま》になっていた。

奈子《なこ》のまっすぐな想《おも》いにも、たくさん救《すく》われたよ。

陸《りく》もそう。小悪魔《こあくま》でイタズラばかりするから、振《ふ》り回《まわ》されてばっかりだったけど、再会《さいかい》できてうれしかったな。

つらいときはいつも味方《みかた》でいてくれた。

こんな、平凡《へいぼん》で楽《たの》しい毎日《まいにち》が大好《だいす》き。

これからも、旭ケ丘中《あさひがおかちゅう》のみんなとずっといっしょにいたいけれど……。

(みんなのおかげで夢《ゆめ》が叶《かな》ったから。次《つぎ》は、『夢《ゆめ》は叶《かな》うんだよ。』って、たくさんの人《ひと》に伝《つた》えたい。)

だから、私《わたし》は大《おお》きな大《おお》きな決断《けつだん》をしたんだ。


「えっ！　日向《ひなた》がステラ学園《がくえん》に転校《てんこう》!?」

修了式《しゅうりょうしき》が終《お》わり、みんなが帰《かえ》った静《しず》かな教室《きょうしつ》に、あーちゃんの声《こえ》が響《ひび》いた。

「まぁ、そうなると思《おも》ってたわよ。デビューしてからあまり学校《がっこう》に来《こ》られてないじゃない。」

「これからもっと忙《いそが》しくなるだろうから、芸能活動《げいのうかつどう》に理解《りかい》のある学校《がっこう》のほうがいいよね。」

奈子《なこ》と陸《りく》は、さらりとそう言《い》った。

『ナチュリ』のパフォーマンスを見《み》て、私《わたし》たちはこのままじゃダメだって思《おも》ったんだ。

アイドルフェスのステージで歌《うた》うためには、もっともっとがんばらなきゃいけないって。

今以上《いまいじょう》に、遅刻《ちこく》や早退《そうたい》が増《ふ》えてしまうだろうし、お仕事《しごと》と学業《がくぎょう》を両立《りょうりつ》させるためには、陸《りく》の言《い》うとおり、芸能《げいのう》コースがあるステラ学園《がくえん》に転校《てんこう》したほうがいいねって、事務所《じむしょ》やお母《かあ》さんと話《はな》し合《あ》ったの。

四月《がつ》の新学期《しんがっき》から、私《わたし》はステラ学園《がくえん》に通《かよ》うことになった。

とはいえ、私《わたし》はまだまだ新人《しんじん》だから、光莉《ひかり》や壱弥《いちや》や諒《りょう》くんがいる『特A《とくエー》』には入《はい》れない。

特A《とくエー》がある別館《べっかん》ではなく、一般《いっぱん》クラスと同《おな》じ校舎《こうしゃ》にある、芸能B《げいのうビー》クラスに入《はい》ることになったんだ。

突然《とつぜん》だけど、今日《きょう》で旭ケ丘中学校《あさひがおかちゅうがっこう》に通《かよ》うのは最後《さいご》。

さびしいけれど、私《わたし》の決意《けつい》と感謝《かんしゃ》、そしてお別《わか》れを言《い》いたくて、あーちゃんと奈子《なこ》と陸《りく》に残《のこ》ってもらったんだ。

奈子《なこ》と陸《りく》は、こうなることがわかっていたみたい。

「がんばれ！」って応援《おうえん》してくれた。

あーちゃんは……。

「伝《つた》えてくれてありがとう！　そうだよね。日向《ひなた》はもう芸能人《げいのうじん》なんだし、そのほうがいいよ！　あ、イヤミとかじゃなくて、本心《ほんしん》だよ！　ごめん。ちょっと動揺《どうよう》しちゃって……。でも、応援《おうえん》してるから！」

早口《はやくち》でそう言《い》って、いつもみたいにとびきりの笑顔《えがお》で笑《わら》ってくれた。

四人《にん》でいっしょに帰《かえ》って、わいわい楽《たの》しかったけど、あーちゃんの様子《ようす》が気《き》になったの。

（ムリして笑《わら》ってるよね……。あーちゃんと、ちゃんと話《はなし》がしたいな。）

気《き》になった私《わたし》は、思《おも》いきってあーちゃんを家《いえ》に招待《しょうたい》することにした。

「日向《ひなた》も、仲良《なかよ》しのお友《とも》だちを家《いえ》に連《つ》れてきてもいいのよ？　お母《かあ》さん、おいしい料理《りょうり》でおもてなしするからね。」

諒《りょう》くんがバレンタインウィークに家《いえ》に遊《あそ》びに来《き》ていたとき、お母《かあ》さんがそう言《い》ってくれたから。

オーディションが終《お》わったら、私《わたし》も大切《たいせつ》な友《とも》だちを……あーちゃんを家《いえ》に呼《よ》びたいなって思《おも》っていたんだ。


翌日《よくじつ》の夕方《ゆうがた》、あーちゃんは家《いえ》に遊《あそ》びに来《き》てくれた。

「日向《ひなた》のお家《うち》、初《はじ》めてお邪魔《じゃま》するよ。ドキドキだ～～。」

リビングに入《はい》ったあーちゃんは、光莉《ひかり》を見《み》て、ひぃ！　と声《こえ》を上《あ》げた。

「あーちゃん、いらっしゃい～。私《わたし》もいっしょにご飯《はん》食《た》べてもイイ？」

「ひひひ光莉《ひかり》とご飯《はん》!?　もちろんだよ～！」

ぱあぁぁっと笑顔《えがお》になったあーちゃんに、ホッとする。

「はわわわ。光莉《ひかり》のプライベート……。部屋《へや》着《ぎ》も超《ちょう》かわいい！　しかもいっしょにご飯《はん》食《た》べられるなんて！　私《わたし》、握手券《あくしゅけん》も持《も》ってないし、チケットも買《か》ってないよ？　いいの～!?」

ふふふっ。あーちゃんたら、心《こころ》の声《こえ》がぜんぶもれちゃってるよ。

まるで、壱弥《いちや》を初《はじ》めて見《み》たときの私《わたし》みたい。

そのあと、お母《かあ》さんが作《つく》ってくれたごちそうを、私《わたし》とあーちゃんと光莉《ひかり》でおいしく食《た》べて、たくさんお話《はな》ししたんだ。

とっても楽《たの》しくて、あーちゃんも笑顔《えがお》だったけど、やっぱりどこかさびしそう。

（……よし！）

食後《しょくご》のデザートを持《も》って、あーちゃんと私《わたし》の部屋《へや》に行《い》った。

学校《がっこう》が変《か》わっても、ずっとずっと友《とも》だちでいたいから……。

この気持《きも》ち、ちゃんと伝《つた》えよう！

「あーちゃん、急《きゅう》に転校《てんこう》なんて、驚《おどろ》かせてごめんね。」

「なに言《い》ってるの～！　そりゃあ驚《おどろ》いたけど、謝《あやま》ることなんてないよ。」

いつものように明《あか》るく言《い》ってくれたあーちゃんが、大好《だいす》き。

これでお別《わか》れなんてイヤだから、私《わたし》は思《おも》いきって口《くち》を開《ひら》いた。

「あーちゃん、別々《べつべつ》の学校《がっこう》になっても、友《とも》だちでいてくれる？」

「……っ。」

あーちゃんは、くしゃっと顔《かお》をゆがませた。

「もー……。笑顔《えがお》で見送《みおく》ろうと思《おも》って、ずっとがまんしてたのに……。」

「あーちゃん？」

ボロボロと涙《なみだ》を流《なが》しながら、あーちゃんは大《おお》きくうなずいた。

「もちろんだよ！　私《わたし》が日向《ひなた》のファン一号《ごう》だよ。それにずっとずっと友《とも》だちだよ！」

「ありがとう！」

あーちゃんはメガネを取《と》って、ごしごしと目《め》をこすった。

「私《わたし》、小五《しょう》から半年間《はんとしかん》、病気《びょうき》で入院《にゅういん》してたんだ。もう完治《かんち》して元気《げんき》だけどね。」

「えっ。そうだったんだ！　知《し》らなかったよ。」

中学校《ちゅうがっこう》の入学式《にゅうがくしき》で出会《であ》ったあーちゃんは、今《いま》と同《おな》じく元気《げんき》いっぱいだったから。

半年間《はんとしかん》も入院《にゅういん》するほどの病気《びょうき》だったなんて……。

「入院《にゅういん》してすぐ、光莉《ひかり》と壱弥《いちや》を知《し》ったんだ。あのころは、ふたりだけが私《わたし》の生《い》きる理由《りゆう》だったの。画面越《がめんご》しのふたりから、たくさん元気《げんき》をもらったよ。退院《たいいん》して、コンサートに行《い》きたい一心《いっしん》で、いろいろがんばったんだ。おかげで元気《げんき》になれて、生《い》きのびることができて……。だから、一生《いっしょう》を推《お》しにささげよう！　って思《おも》って、推《お》し活《かつ》してた。私《わたし》がふたりにできる恩返《おんがえ》しは、推《お》して推《お》して推《お》しまくることしかないから。」

推《お》しへの愛《あい》が重《おも》すぎるでしょ？　って笑《わら》いながら、あーちゃんは続《つづ》けた。

「アイドルって、生《う》まれたときからアイドルで、別世界《べっせかい》の人《ひと》だと思《おも》ってた。でも、日向《ひなた》はそんなアイドルの世界《せかい》に飛《と》びこんでいって、オーディションをどんどん勝《か》ち抜《ぬ》いて、夢物語《ゆめものがたり》を叶《かな》えていって……。夢《ゆめ》って叶《かな》うんだなって思《おも》ったの。夢《ゆめ》なんて叶《かな》うはずがないって、どこかで冷《さ》めてる自分《じぶん》がいたんだけど、日向《ひなた》を見《み》ていたら、私《わたし》も夢《ゆめ》を叶《かな》えたいって思《おも》ったの。だから、夢見《ゆめみ》るだけじゃなくて、行動《こうどう》しようって。そう考《かんが》えたらわくわくしてきて！　将来《しょうらい》の夢《ゆめ》なんてなかったのに、映画監督《えいがかんとく》になって、光莉《ひかり》と壱弥《いちや》と日向《ひなた》のトリプル主演映画《しゅえんえいが》を撮《と》りたい〜とか。小説家《しょうせつか》か漫画家《まんがか》になって、アニメ化《か》してもらって、主題歌《しゅだいか》を三人《にん》に歌《うた》ってもらいたい〜とか！　夢《ゆめ》がどんどん広《ひろ》がって、今《いま》、私《わたし》、すっごく楽《たの》しいんだ。生《い》きててよかった〜って、命《いのち》が助《たす》かってよかった〜って、心底思《しんそこおも》ってる。」

涙《なみだ》でいっぱいの目《め》で、あーちゃんは私《わたし》をまっすぐに見《み》た。

「だから、私《わたし》もここでがんばるよ！　将来《しょうらい》、日向《ひなた》といっしょにお仕事《しごと》したい！　そのときはよろしくね。」

「こちらこそだよ！　亜澄監督《あすみかんとく》の映画《えいが》に起用《きよう》してもらえるように、私《わたし》もがんばる！」

私《わたし》たちは、ふふふって泣《な》き笑《わら》いをしながら、ぎゅーって抱《だ》きしめ合《あ》った。

「可能性《かのうせい》は無限大《むげんだい》なんだな〜って日向《ひなた》を見《み》てて思《おも》った。ありがとう、日向《ひなた》。」

「私《わたし》こそ。あーちゃん、今《いま》まで私《わたし》を守《まも》ってくれてありがとう。あーちゃんの推《お》しの話《はなし》もすごく楽《たの》しくてワクワクしてた。これからはあーちゃんがいなくてすごく不安《ふあん》でさみしいけど……。本当《ほんとう》はね、新《あたら》しい学校《がっこう》でも、芸能界《げいのうかい》でも、あーちゃんがいなくて不安《ふあん》なの。でも、がんばるから！」

「私《わたし》はここにいるから。ここでがんばってるから。日向《ひなた》がこの先《さき》つらくなったり、道《みち》に迷《まよ》ったりしたら……。一度帰《いちどかえ》っておいでよ。私《わたし》は、日向《ひなた》が日向《ひなた》らしくいられる目印《めじるし》だよ。」

「うん！」

離《はな》れていても、ずっとずっとあーちゃんと友《とも》だちでいたい。

そんな気持《きも》ちを思《おも》いきって伝《つた》えてよかった。

（もう一つ、伝《つた》えたいことがある。）

私《わたし》は意《い》を決《けっ》して、クローゼットを開《ひら》いた。

「私《わたし》ね、あーちゃんにずっと言《い》えなかったことがあるんだ。」

「えっ。」

「ずっと言《い》いたくて、でも言《い》い出《だ》せなかったの。でも、思《おも》いきって言《い》っちゃうね。」

クローゼットから秘密《ひみつ》の段《だん》ボール箱《ばこ》を引《ひ》きずり出《だ》して、中《なか》のファイルを手渡《てわた》す。

「これ……。見《み》てもいいの？」

「うん。」

分厚《ぶあつ》いファイルをゆっくり開《ひら》いたあーちゃんは、「えっ⁉」と声《こえ》を上《あ》げた。

これは、私《わたし》の推《お》し活《かつ》ファイル。

壱弥《いちや》のデビューからの軌跡《きせき》を収《おさ》めた、尊《とうと》い推《お》しファイルなんだ。

「日向《ひなた》、これって……。」

「うん。実《じつ》は私《わたし》、ずっと壱弥《いちや》のファンだったの。かなり重度《じゅうど》の……。」

「ちょ、ちょっと待《ま》って？　えっ？　ええっ？　日向《ひなた》、ガチのファンだったの⁉」

「うん。ごめん……。言《い》い出《だ》せなくて……。」

「えっ。これ、壱弥《いちや》がデビューした直後《ちょくご》の切《き》り抜《ぬ》き？　雑誌初登場《ざっしはつとうじょう》!?　えええ〜〜!?　小《しょう》四の春休《はるやす》み中《ちゅう》の壱弥《いちや》!?　超《ちょう》レア！　すごい！」

「この『ネクストブレイク新人《しんじん》アイドル特集《とくしゅう》』で初《はじ》めて壱弥《いちや》を見《み》て、全身《ぜんしん》に電撃《でんげき》が走《はし》ったというか……。尊《とうと》すぎて呼吸《こきゅう》するのも忘《わす》れるくらい、目《め》を奪《うば》われてしまって……。うう、恥《は》ずかしい。熱量《ねつりょう》が高《たか》すぎる自分《じぶん》が恥《は》ずかしすぎて誰《だれ》にも言《い》えなかったの。」

「恥《は》ずかしいことないよ〜！　もう〜。言《い》ってくれればよかったのに〜。」

「ずっと隠《かく》してたこと、怒《おこ》ってない……？」

「怒《おこ》らないよ〜〜。いろいろ事情《じじょう》があったんだと思《おも》うし。」

「本当《ほんとう》はね、あーちゃんとたくさん推《お》しトークしたかったの！　私《わたし》も毎週《まいしゅう》欠《か》かさず『学園《がくえん》プリンス！』見《み》てたんだ！」

「そうだったんだ〜！　これからは、たくさん語《かた》ろうよ！」

「うん！」

「またいっしょにコンサート行《い》こう！」

「うん！」

「それにしても、この切《き》り抜《ぬ》きすごいわ〜！　じっくり見《み》てもいい？」

「もちろんだよ。」

それから、あーちゃんが帰《かえ》るまで、たくさん推《お》しトークをしたんだ。

今《いま》までずっと、がまんしていた推《お》しトークができて、すごく楽《たの》しかったよ。

壱弥《いちや》とのことは、言《い》えないけれど……。

いつか、ずっとずっと先《さき》の未来《みらい》で、壱弥《いちや》のことが本気《ほんき》で大好《だいす》きなんだって、あーちゃんに言《い》える日《ひ》が来《き》たらいいな。

そのときまで、壱弥《いちや》のとなりにいられますように……。

# 20　念願《ねんがん》の水族館《すいぞくかん》と不穏《ふおん》な会話《かいわ》

春休《はるやす》みは、『ｋｉｒａ－ｋｉｒａ《キラキラ》』のお仕事《しごと》やレッスンであっというまに過《す》ぎていった。

もう少《すこ》しで新学期《しんがっき》が始《はじ》まってしまうころ、やっと壱弥《いちや》とおしのびデートをすることになったんだ！

「やっと来《こ》られたな。」

「うん！」

壱弥《いちや》に手《て》を引《ひ》かれて、水族館《すいぞくかん》に入《はい》る。

「わ……。クラゲだ～。きれいだね。何時間《なんじかん》でも見《み》てられるよ。」

「放《ほう》っておいたら本当《ほんとう》に何時間《なんじかん》でも見《み》てそうだな。」

水槽《すいそう》の中《なか》のクラゲをじーっと見《み》ていたら、ふいに壱弥《いちや》が耳元《みみもと》でささやいた。

「クラゲもいいけど、俺《おれ》のことも見《み》てよ。」

「……うっ。」

ちょ、ちょ、ちょっと！　ドキドキさせすぎないで！

「もう。ほかのお客《きゃく》さんに見《み》られたら大変《たいへん》だよ。」

どこに記者《きしゃ》がいるかわからないんだから。

それなのに、壱弥《いちや》は変装用《へんそうよう》のマスクも帽子《ぼうし》もメガネも取《と》ってしまった。

「い、壱弥《いちや》!?」

「ほかの客《きゃく》は来《こ》ないからだいじょうぶ。日向《ひなた》も変装《へんそう》しなくていいよ。」

「へ？」

（そういえば、さっきから私《わたし》たちだけだ。ほかのお客《きゃく》さんがまったくいない……。）

どうしてだろうって首《くび》をかしげていたら、壱弥《いちや》がさらりと言《い》った。

「ここ、今日一日《きょういちにち》、貸《か》しきりにしたから。」

「ええええ!?」

水族館《すいぞくかん》を一日貸《いちにちか》しきりにするって……！

そんなことできちゃうなんて、さすがトップアイドルだ……。

「誰《だれ》にも邪魔《じゃま》されないで、日向《ひなた》とふたりきりで楽《たの》しみたかったから。」

「……ありがとう。うれしいよ。」

楽《たの》しいし、幸《しあわ》せすぎて夢《ゆめ》みたいだよ。

（夢《ゆめ》だったらどうしよう……。）

幸《しあわ》せすぎると不安《ふあん》になるものなのかな。

これがぜんぶ夢《ゆめ》で、目《め》が覚《さ》めたらいつもの私《わたし》だったら切《せつ》なすぎる。

手《て》をつないでいっしょに水槽《すいそう》の魚《さかな》たちを見《み》てる壱弥《いちや》が、幻《まぼろし》みたいに消《き》えてしまったら……。


（……っ。）

急《きゅう》に怖《こわ》くなって、ぎゅっと壱弥《いちや》の手《て》を握《にぎ》りしめた。

なにも言《い》わず、壱弥《いちや》はぎゅっと握《にぎ》り返《かえ》してくれる。

（あったかい……。）

壱弥《いちや》の大《おお》きな手《て》のぬくもりに、ホッとした。

（夢《ゆめ》なんかじゃないよ。壱弥《いちや》はここにちゃんといる。）

静《しず》かで幻想的《げんそうてき》な水族館《すいぞくかん》を歩《ある》きながら、私《わたし》たちはふたりきりの時間《じかん》を楽《たの》しんだ。

（あれ？　誰《だれ》かと通話中《つうわちゅう》みたい。）

お手洗《てあら》いから戻《もど》ると、壱弥《いちや》はスマホで誰《だれ》かとテレビ通話《つうわ》をしていた。

相手《あいて》は私《わたし》がいることに気《き》がついていないみたい。

あわてて壁《かべ》の後《うし》ろに隠《かく》れたけれど……。

会話《かいわ》が聞《き》こえてきちゃって気《き》まずい。

「なんの用《よう》？　久《ひさ》しぶりの休《やす》みなんだけど。」

『つれないなぁ。かわいい弟《おとうと》に電話《でんわ》するのに理由《りゆう》なんていらないだろう。』

うわわっ。この声《こえ》、壱弥《いちや》のお兄《にい》さんの零《れい》さんだ！

零《れい》さんは、年《とし》の離《はな》れた壱弥《いちや》のことがかわいくてしょうがないみたい。

私《わたし》といっしょだと知《し》られたら、大変《たいへん》だ！

『うん？　うす暗《ぐら》いな。水族館《すいぞくかん》か？』

「悪《わる》い？」

『まさか、デートしてるんじゃないだろうね？　……うん。どうやらひとりみたいだな。

よかった。』

「……過保護《かほご》もいいかげんにしろよ。もうガキじゃない。」

『あはは。その水族館《すいぞくかん》が気《き》に入《い》ったなら、経営権《けいえいけん》を壱弥《いちや》にやってもいい。ガキじゃないというなら、どうだ？　好《す》きなときに好《す》きなだけ、ひとり静《しず》かにここを満喫《まんきつ》できるぞ。』

「……いらない。」

『なんだ。よろこぶと思《おも》ったのに残念《ざんねん》だ。そうそう。オーディション番組《ばんぐみ》、成功《せいこう》したそうじゃないか。おめでとう。』

「…………」

『これでもう満足《まんぞく》だろう。アイドルは卒業《そつぎょう》して、経営《けいえい》を学《まな》びなさい。父《とう》さんも期待《きたい》している。長《なが》い反抗期《はんこうき》だったが、そろそろ終《お》わりにしたらどうだ。』

「反抗《はんこう》してアイドルをしてるわけじゃない。……最初《さいしょ》はそうだったけど、今《いま》は本気《ほんき》だ。まだ夢《ゆめ》も目標《もくひょう》もある。」

　こ、これは……。聞《き》いてはマズい兄弟《きょうだい》ゲンカなのでは……。

　でもこの小《ちい》さい水族館《すいぞくかん》じゃ、どうしたって声《こえ》が聞《き》こえてしまうよ。

険悪《けんあく》ムードのまま、テレビ電話《でんわ》が終《お》わったみたい。
(というか……。)
ずっと疑問《ぎもん》だった、壱弥《いちや》の家族《かぞく》のこと。
千代《ちよ》さんの「ぼっちゃん」って呼《よ》び方《かた》。
(壱弥《いちや》って、何者《なにもの》なんだろう。お父《とう》さんはどこでなにをしてるの?)

一時間後《じかんご》、私《わたし》たちは水族館《すいぞくかん》を別々《べつべつ》に出《で》て、デートは終了《しゅうりょう》した。
すっごく楽《たの》しくて幸《しあわ》せだったけれど……。
私《わたし》は零《れい》さんとの会話《かいわ》が気《き》になって仕方《しかた》がない。
でも、壱弥《いちや》がその話題《わだい》に触《ふ》れることはなかった。
(壱弥《いちや》はなにか抱《かか》えこんでるんじゃないかって心配《しんぱい》だよ……。)
だけど、聞《き》くことはできなくて。
(壱弥《いちや》、いなくなったりしないよね?)
正体不明《しょうたいふめい》の不安《ふあん》が、心《こころ》の奥《おく》に芽生《めば》えはじめた。

# 21 新生活《しんせいかつ》と波乱《はらん》の予感《よかん》

「日向《ひなた》ちゃんといっしょに学校《がっこう》に行《い》ける日《ひ》が来《く》るなんて～。うれしいな～。」

「ちょっと光莉《ひかり》、重《おも》いよ。くっつかないで。」

「だって～～～。」

四月《がつ》になり、新生活《しんせいかつ》が始《はじ》まった。

ステラ学園《がくえん》の制服《せいふく》を着《き》た私《わたし》は、光莉《ひかり》といっしょに、お母《かあ》さんが運転《うんてん》する車《くるま》で学校《がっこう》に送《おく》ってもらってる。

やたらとべたべたくっついてくる光莉《ひかり》を押《お》しのけながらも、私《わたし》の心《こころ》ははずんでいる。

去年《きょねん》の今《いま》ごろは、自分《じぶん》と光莉《ひかり》を勝手《かって》に比《くら》べて、なりたい自分《じぶん》をあきらめていた。

そんな私《わたし》が変《か》われたのは、ステラ学園《がくえん》がきっかけだよね。

光莉《ひかり》と入《い》れ替《か》わって、この学校《がっこう》に来《き》たことがすべての始《はじ》まり。

光莉《ひかり》の姿《すがた》じゃなく、日向《ひなた》のままで、私《わたし》の姿《すがた》で通《かよ》えることになるなんて。

あのころの私《わたし》は想像《そうぞう》すらしていなかった。

平凡《へいぼん》が好《す》きだったころは、先《さき》の見通《みとお》しが立《た》たない状況《じょうきょう》が怖《こわ》くてたまらなかったけれど。

今《いま》は、とってもわくわくしてるんだ！

それは、たくさんの仲間《なかま》や応援《おうえん》してくれる人《ひと》がいるから！

（よーし、新《あら》たな一歩《いっぽ》、がんばろう！）


光莉《ひかり》のクラス、芸能《げいのう》コースの『特A《とくエー》』は、豪華《ごうか》な別館《べっかん》。

私《わたし》は光莉《ひかり》と別《わか》れて、一般《いっぱん》クラスの生徒《せいと》と同《おな》じ校舎《こうしゃ》にある、芸能《げいのう》コースB《ビー》クラスの教室《きょうしつ》に入《はい》った。

「おはよう、日向《ひなた》。」

「おっはよ～！」

教室《きょうしつ》で手《て》を振《ふ》ってくれたのは、なんと愛梨《あいり》と夢乃《ゆめの》！

「愛梨《あいり》！　夢乃《ゆめの》！　また会《あ》えてうれしいよ～！」

「私《わたし》もだよ！　最終審査《さいしゅうしんさ》は通過《つうか》できなかったけど、エストレラプロダクションに所属《しょぞく》できたんだ！　アイドル研修生《けんしゅうせい》ってことで、ここに通《かよ》えることになって。思《おも》いきって転校《てんこう》してきちゃった！」

「ここなら、ふたりがいるから通《かよ》えそうで、私《わたし》も転校《てんこう》してきました。」

ここで『月《つき》』グループが再会《さいかい》できるなんて、うれしすぎるよ！

「ちなみに、ミーナお姉《ねえ》さまは、中《ちゅう》三の芸能《げいのう》B《ビー》クラスにいるよ。」

「そうなんだ！　会《あ》えたらいいね。」

新《あたら》しい学校《がっこう》とクラスメイトになじめるかなって不安《ふあん》だったから、ホッとしたよ。

「日向《ひなた》、おはよ。」

あ、また知《し》ってる声《こえ》！　……って、えええ⁉

ここにいるはずがない人《ひと》の声《こえ》に驚《おどろ》いて、いきおいよく振《ふ》り返《かえ》ると……。

「陸《りく》⁉」

旭《あさひ》ケ《が》丘中《おかちゅう》でいっしょだった、幼《おさな》なじみの陸《りく》が、ステラ学園《がくえん》の制服《せいふく》を着《き》て立《た》ってたんだ！

「な、なななんで⁉」

「ふふっ。びっくりした？」

楽《たの》しそうに笑《わら》う陸《りく》の後《うし》ろから、教室《きょうしつ》に入《はい》ってきた人《ひと》を見《み》て、またまたびっくり。

「おはよう、日向《ひなた》ちゃん。今日《きょう》からよろしく。」

「ええっ⁉　諒《りょう》くん⁉」

(諒《りょう》くんは特《とく》A《エー》だったよね？)

すごく不思議《ふしぎ》なメンバーがそろったB《ビー》クラス……。

(いったいどうして陸《りく》と諒《りょう》くんがこのクラスにいるの⁉)

そしてもうひとり……。

「おはよう。あれ？　転校生《てんこうせい》がたくさんいる……。」

『学園《がくえん》プリンス！』でヒロイン役《やく》だった、女優《じょゆう》の桂木真麻《かつらぎまあさ》さんまで！

(なんだか、波乱《はらん》の予感《よかん》がする……。)

その予感《よかん》は見事《みごと》に的中《てきちゅう》することになる。

ステラ学園《がくえん》での新学期《しんがっき》は、新《あら》たな戦《たたか》いの幕開《まくあ》けだった――。

8巻《かん》おわり

# あとがき

こんにちは。『ひなたとひかり』８巻《かん》を読《よ》んでくれてありがとうございます！

バカップルの熱愛報道《ねつあいほうどう》と、キラキラが消《き》えてしまった光莉《ひかり》。さらなる大《だい》ピンチの中《なか》でついに迎《むか》えた最終審査《さいしゅうしんさ》とドキドキのオーディション結果《けっか》！　壱弥《いちや》とのキュン山盛《やまも》り展開《てんかい》も♡

ドキドキとハラハラと、特大《とくだい》のキュンがつまった８巻《かん》はいかがでしたか？

怒濤《どとう》の展開《てんかい》すぎて、いつもよりページ数《すう》が多《おお》いスペシャルな巻《かん》となりました。

壱弥《いちや》と諒《りょう》の目線《めせん》でお届《とど》けする彼《かれ》らの想《おも》いと、日向《ひなた》と光莉《ひかり》のきずな、チームＤ《ディー》と月《つき》グループのきずな、日向《ひなた》とあーちゃんのきずなも見《み》どころですよ♪

７巻《かん》の発売後《はつばいご》すぐに、たくさんの読者《どくしゃ》ハガキやお手紙《てがみ》をいただきました！　青《あお》い鳥文庫《とりぶんこ》ホームページにも感想《かんそう》やメッセージをありがとうございます。バカップルを心配《しんぱい》してくれる声《こえ》や、壱弥《いちや》に萌《も》えすぎてあやうく召《め》されそうになったご報告《ほうこく》や、審査《しんさ》のたびに壁《かべ》を乗《の》り越《こ》えて成長《せいちょう》する日向《ひなた》にたくさんのエールをいただけて、とってもうれしかったです。

せっかくなので裏話《うらばなし》を。実《じつ》は私《わたし》、うんと昔《むかし》にYOSAKOI《ヨサコイ》ソーランの踊《おど》り子《こ》をしていました。大《おお》きな大会《たいかい》で大賞《たいしょう》を狙《ねら》っていたチームだったので、練習《れんしゅう》は週六日《しゅうむいか》。日曜日《にちようび》の練習《れんしゅう》は、北海道各地《ほっかいどうかくち》から集合《しゅうごう》した約《やく》百名《めい》の仲間《なかま》と百回腹筋《かいふっきん》したあと十時間《じかん》おどりました。衣装《いしょう》を着《き》て人前《ひとまえ》に出《で》るときは、チームのイメージを壊《こわ》さないようにみんな踊《おど》り子《こ》モード。どこから写真《しゃしん》や動画《どうが》を撮《と》られてもいいように良識《りょうしき》ある言動《げんどう》を心《こころ》がけ、常《つね》に決《き》め顔《がお》でした(照《てれ》)。

私《わたし》は壊滅的《かいめつてき》にダンスが下手《へた》なのに、どうしてもそのチームでおどりたくてしがみついていたので、みんなのようにうまくおどれなくて落《お》ちこむこともあったけど、そのたびに「がんばろう。」「あなたならできるよ。」と肩《かた》に触《ふ》れてくれた、たくさんの仲間《なかま》たちのやさしくて力強《ちからづよ》い手《て》のぬくもりを今《いま》でも覚《おぼ》えています。チームはなくなってしまいましたが、泣《な》いて笑《わら》って夢中《むちゅう》でがんばった経験《けいけん》と、ともに駆《か》け抜《ぬ》けた仲間《なかま》たちは、今《いま》でも私《わたし》の宝物《たからもの》です。そしてそれは、この『ひなたとひかり』オーディション編《へん》の執筆《しっぴつ》に生《い》きています。

どんなにがんばっても努力《どりょく》が報《むく》われなかったり、周《まわ》りと比《くら》べてつらくなったり、力不足《ちからぶそく》を感《かん》じて悔《くや》しくなったりすることってありますよね。私《わたし》もそうです。楽《たの》しいことばかりではないけれど、夢中《むちゅう》でがんばった経験《けいけん》と仲間《なかま》は、いつかきっと宝物《たからもの》になるはずです!

でも、萌花《もか》のように『応援《おうえん》する側《がわ》になる』というのも、決《けっ》して逃《に》げやあきらめではないと思《おも》います。私《わたし》は、自分《じぶん》の気持《きも》ちの熱量《ねつりょう》や体力《たいりょく》などと相談《そうだん》して、よいタイミングでチームを去《さ》り、応援《おうえん》する側《がわ》になりました。今《いま》でも、自分《じぶん》がいたチームや仲間《なかま》たちが大好《だいす》きです。

あなたがもし、がんばれなくなったり落《お》ちこんだりしたときは、『ひなひか』を読《よ》んでみてね。日向《ひなた》や仲間《なかま》たちの奮闘《ふんとう》が、少《すこ》しでもあなたのパワーになりますように。

そんな想《おも》いをこめて書《か》いた8巻《かん》。感想《かんそう》やお気《き》に入《い》りのシーンなど、読者《どくしゃ》ハガキやお手《て》紙《がみ》、青《あお》い鳥文庫《とりぶんこ》ホームページの「みんなの感想《かんそう》」で教《おし》えてもらえたらうれしいです！

さて、ベネッセさんの電子書籍《でんししょせき》・動画《どうが》サービス『電子図書館《でんしとしょかん》まなびライブラリー』のご協力《きょうりょく》で、新《しん》アイドルキャラクターを募集《ぼしゅう》させていただきました。驚《おどろ》くほどたくさんのご応《おう》募《ぼ》をいただき、名前《なまえ》や特徴《とくちょう》にこめられた想《おも》いがとってもうれしく、楽《たの》しく選考《せんこう》させていただきました。採用《さいよう》させていただいた六名《めい》のステキなキャラクターたちは、この8巻《かん》でガールズグループ『ナチュリ』として登場《とうじょう》しています！ ぜひ探《さが》してみてくださいね。りのはさん、翠雨《みどりあめ》さん、ゆーめさん、おにぎりさん、明日《あした》の未来《みらい》へ！さん、渚《なぎさ》みうみさん、本当《ほんとう》にありがとうございました。『ナチュリ』は今後《こんご》も登場《とうじょう》しますので、どうぞお楽《たの》しみに♪

さてさて、またしても「どうなるの〜⁉」なラストですが、新《あら》たな環境《かんきょう》で新《あら》たな戦《たたか》いが待《ま》ち受《う》けていそうな予感《よかん》です。これからも、ぜひ日向《ひなた》を応援《おうえん》してあげてください。

『ひなひか』９巻《かん》は２０２５年《ねん》4月発売予定《がつはつばいよてい》です。……と、その前《まえ》に、とってもうれしいお知《し》らせがあります。なんと、９巻《かん》の前《まえ》に、８・５巻《かん》が出《で》ます〜！　わーい！

８・５巻《かん》は特別《とくべつ》ストーリー集《しゅう》。主役《しゅやく》は光莉《ひかり》です！　さらに、壱弥《いちや》やあーちゃんのお話《はなし》も入《はい》り、１〜８巻《かん》の裏話的《うらばなしてき》な、９巻《かん》がさらにおもしろくなるような内容《ないよう》になる予定《よてい》です。

刊行月《かんこうづき》は、青《あお》い鳥文庫《とりぶんこ》のホームページをチェックしてくださいね。どうぞお楽《たの》しみに♪

最後《さいご》に謝辞《しゃじ》を。今巻《こんかん》も、最高《さいこう》に尊《とうと》いイラストを描《か》いてくださった万冬《まふゆ》しま先生《せんせい》、『ひなひか』立《た》ち上《あ》げからずっとお世話《せわ》になった担当編集Ｌ《たんとうへんしゅうエル》さん、新担当《しんたんとう》の山室《やまむろ》さん、青《あお》い鳥文庫編集部《とりぶんこへんしゅうぶ》のみなさま、校閲《こうえつ》さん、デザイナーさん、この本《ほん》の制作《せいさく》に関《かか》わってくださったすべてのみなさまにお礼申《れいもう》し上《あ》げます。そして、この本《ほん》を手《て》に取《と》ってくれたあなたに、心《こころ》からの感謝《かんしゃ》を。これからも応援《おうえん》してもらえるとうれしいです。

それではまた！　８・５巻《かん》でお会《あ》いしましょう☆

高杉六花《たかすぎりっか》

＊著者紹介

高杉《たかすぎ》六花《りっか》

北海道在住。おとめ座のO型。育児中に大学院で子どもの発達や心理を学び、こども発達学修士号を取得。2019年、第７回角川つばさ文庫小説賞一般部門金賞を受賞。おもな作品に『君のとなりで。(全９巻)』、「さよならは、言えない。」シリーズ（ともに角川つばさ文庫）、「ないしょの未来日記」シリーズ、「桧山先輩はわたしの〇〇！」シリーズ（ともにポプラキミノベル）、「消えたい私は、きみと出会えて」シリーズ（集英社みらい文庫）、『溺愛チャレンジ！　恋愛ぎらいな私が、学園のモテ男子と秘密の婚約⁉』（野いちごジュニア文庫）がある。旅行とカフェ巡りとぼーっとするのが好き。

＊画家紹介

万冬《まふゆ》しま

宮城県在住。いて座のO型。「クラスで一番の彼女、実はボッチの俺の彼女です」シリーズ（角川スニーカー文庫）の挿絵などを担当する。食べることとたまに遠出することが趣味。

この作品は書き下ろしです。

読者のみなさまからのお便りをお待ちしています。
下のあて先まで送ってくださいね。
いただいたお便りは、編集部から著者へおわたしいたします。
〒112-8001 東京都文京区音羽2-12-21 講談社 青い鳥文庫編集部

講談社 青い鳥文庫

ひなたとひかり⑧
高杉《たかすぎ》六《りっ》花《か》

2024年11月15日　第1刷発行

（定価はカバーに表示してあります。）
発行者　安永尚人
発行所　株式会社講談社
東京都文京区音羽2-12-21　郵便番号112-8001
電話　編集（03）5395-3536
販売（03）5395-3625
業務（03）5395-3615

N.D.C.913　238p　18cm
装　丁　primary inc.,
久住和代
印　刷　TOPPANクロレ株式会社
製　本　TOPPANクロレ株式会社
本文データ制作　講談社デジタル製作

KODANSHA



ISBN978-4-06-537389-7

「講談社《こうだんしゃ》　青《あお》い鳥文庫《とりぶんこ》」刊行《かんこう》のことば

太陽《たいよう》と水《みず》と土《つち》のめぐみをうけて、葉《は》をしげらせ、花《はな》をさかせ、実《み》をむすんでいる森《もり》。小《こ》鳥《とり》や、けものや、こん虫《ちゅう》たちが、春《はる》・夏《なつ》・秋《あき》・冬《ふゆ》の生活《せいかつ》のリズムに合《あ》わせてくらしている森《もり》。森《もり》には、かぎりない自然《しぜん》の力《ちから》と、いのちのかがやきがあります。

本《ほん》の世界《せかい》も森《もり》と同《おな》じです。そこには、人間《にんげん》の理想《りそう》や知恵《ちえ》、夢《ゆめ》や楽《たの》しさがいっぱいつまっています。

本《ほん》の森《もり》をおとずれると、チルチルとミチルが「青《あお》い鳥《とり》」を追《お》い求《もと》めた旅《たび》で、さまざまな体験《たいけん》を得《え》たように、みなさんも思《おも》いがけないすばらしい世界《せかい》にめぐりあえて、心《こころ》をゆたかにするにちがいありません。

「講談社《こうだんしゃ》　青《あお》い鳥文庫《とりぶんこ》」は、七十年《ねん》の歴史《れきし》を持《も》つ講談社《こうだんしゃ》が、一人《ひとり》でも多《おお》くの人《ひと》のために、すぐれた作品《さくひん》をよりすぐり、安《やす》い定価《ていか》でおおくりする本《ほん》の森《もり》です。その一さつ一さつが、みなさんにとって、青《あお》い鳥《とり》であることをいのって出版《しゅっぱん》していきます。この森《もり》が美《うつく》しいみどりの葉《は》をしげらせ、あざやかな花《はな》を開《ひら》き、明日《あす》をになうみなさんの心《こころ》のふるさととして、大《おお》きく育《そだ》つよう、応援《おうえん》を願《ねが》っています。

昭和《しょうわ》五十五年《ねん》十一月《がつ》

講　談　社